Harald Skorepa

Die Flasche

ein Taucherkrimi

– Abenteurer unter Wasser –

Harald Skorepa, geb. 1952 in Lennestadt/Altenhundem, Nordrh.-Westf./ Sauerland. Sohn, Musiker, Komponist und Texter, Sportler (Judo, Handball, Tauchen und anderes), „68er" vom Lande, 40 Jahre lang Psychologe und Therapeut, Vater von zwei Kindern und vierfacher Großvater (bisher). Seit 1971 in Berlin. Produzierte und veröffentlichte ca. 20 Schallplatten/CDs, 16 Auflagen eines Musiklexikons sowie ein Lexikon der Musikinstrumente und publizierte drei Bücher mit Musikerwitzen und Karikaturen im Verlag „Schott Int. Mainz". Der Verlag „Buchkontor Teltow" brachte 2018 seine Biographie „Eintopf ohne Deckel", 2020 den Gedichtband „Reimeleien" und 2022 die Sammlung „Anekdoten, Bemerkenswertes und Curioses aus der Welt der Musik" heraus. 2024 erschien „Kassandra" – Essays, Traktate und Aphorismen. Eine sarkastische Analyse der deutschen Realität.

Verlag: BoD · Books on Demand GmbH, In de Tarpen 42, 22848 Norderstedt
Druck: Libri Plureos GmbH, Friedensallee 273, 22763 Hamburg

Coverphoto und -Design	Joe Pearcos
ISBN	978-3-7693-1391-8
Produktion:	schneemann produktion

1. Auflage
© 2024 Harald Skorepa

„Tauchen an sich ist nicht gefährlich.
Gefährlich ist nur das Drumherum"
(Joe Pearcos)

Gewidmet Kurt Königsberger

Inhaltsangabe

PROLOG

Sie kam aus Ägypten.
Sie war kurz und gedrungen und wurde
im Taucherjargon liebevoll „Knubbel" genannt.
Gebraucht, dutzende Male leergesaugt, aber nicht alt.
Säuberlich aufgereiht stand sie treudeutsch in einer Schlange
mit vielen anderen Preßluftflaschen und wartete
in der Sonnenglut Brandenburgs auf ihr Urteil;
12 Liter unschuldiger Stahl,
TÜV-Abnahme.
Kondenswasser entfernen, Drucktest, Ausschleudern,
Spülen, Trocknen, Dichtung prüfen….
Freispruch!
Sie durfte endlich auf ihre Rückkehr ins Meer hoffen.

1.

DIE REISE

Treffpunkt Flughafen Tegel, Berlin, 5 Uhr morgens. Sie waren eine eingeschworene Clique und unternahmen viel zusammen, mal mehr, mal weniger vollständig. Meist trafen sie sich in der Stammkneipe des einen oder anderen, des öfteren aber auch privat zu Hause, weil zwei von ihnen gut kochten und einen großen Eßtisch besaßen. Diese Abende waren regelmäßig die längsten. Seit Jahren planten sie ihre Urlaube gemeinsam, da sie alle begeisterte Taucher waren.

Nach und nach trudelten sie ein, die meisten noch müde, aber wie immer aufgeregt, andere wiederum weit weniger frisch, wie Ditsche und Hajo. Die beiden hatten augenscheinlich die Nacht durchgemacht, waren nicht mehr zum Schlafen gekommen und trotzdem, obwohl für die anderen mit ihren alkoholgetränkten Sprüchen ob dieser frühen Stunde etwas nervig, ziemlich gut drauf.

„Hey, Andi, deine neue Halskette ist wirklich ‚n Hammer. Kann man sich damit auch Wodka reinziehen?", fragte Ditsche, „wie biste denn auf die Idee gekommen?"

Andi, seines Zeichens Lehrer, war meist die Ruhe selbst und hatte immer ein leicht überlegenen Zug um den Mund.

„Ey, so etwas hat keiner, und im Laden kostet so ein Schlauch ‚n Appel und ‚n Ei. Ist das ein Schwarz? Tiefschwärzer geht's nicht."

Klaas, mit seinen 68 Jahren der Senior der Gruppe, und Dave, nicht der jüngste von ihnen, aber als Fast-Anfänger ihr „Tauchküken", betrachteten die beiden grinsend und wünschten ihnen einen turbulenzfreien Flug.

„Leute, kommt in die Puschen. Es geht los!".

„Is ja gut, Mann. Mach bloß nicht so'n Alarm. Da kriegt man ja Kopfschmerzen…"

Dann kam der Aufruf zum Einchecken. Da vier von ihnen ihre eigenen Tauchflaschen im Gepäck hatten, dauerte es einige Zeit länger als sonst. Der Sicherheitdienst benutzte ein neues Gerät, eine Art Staubsauger, der die Luft aus dem Gepäck, aus Geräten und eben auch aus Flaschen heraussaugte und diese auf Feinstspuren von Plastik- oder anderem Sprengstoff analysierte. Die Flaschen wurden abgeklopft, das Ventil abgeschraubt, hineingeleuchtet und die Luft ausgeschnüffelt. Es war alles in Ordnung, aber es dauerte eben.

Die Überlegung, eigene Flaschen mitzunehmen, hatte eine ganz praktische Bewandtnis: jede Basis auf der Welt hatte mit Sicherheit genügend Flaschen vorrätig. Die waren aber üblicherweise nicht aus Stahl, sondern aus Aluminium. Auch das hatte praktische Gründe: Aluflaschen waren billiger als Stahlflaschen und mußten nur alle zwei Jahre zur Kontrolle und Revision, Stahlflaschen hingegen jedes Jahr. Konsequenz für die Taucher war, daß sie ein bis zwei Kilo Blei am Gurt mehr mitschleppen mußten, da die Aluflaschen auf Grund ihres geringeren Gewichts zum Ende des Tauchganges schneller nach oben wollten als Stahlflaschen und so das Tarieren erschwerten. „Knubbel" deshalb, weil sie etwas dicker und somit nicht ganz so lang waren wie gebräuchliche Flaschen. Bei letzteren kam es schon ab und an vor, daß man sich den Hinterkopf am Ventil stieß, wenn die Flasche zu hoch auf die Tarierweste geschnallt war. Knubbel waren eben praktisch.

Schließlich gingen sie an Bord, und um 6 Uhr hob die Maschine ab, nach Süden, der Sonne entgegen. Sie waren über die gesamte Kabine verteilt, nur die Pärchen, Ralph und Rosi sowie Andi und Uschi saßen zusammen, wie auch Ditsche und Hajo.

„Pat und Patachon", so spotteten die anderen manchmal – für „Laurel und Hardy" hatten sie nicht annähernd das Format – drömelten noch eine Weile resttrunken vor sich hin und waren bald eingeschlafen. Die beiden kannten sich seit Ewigkeiten. Im Umgang miteinander waren sie wie ein altes Ehepaar: liebevoll freundlich, meist frozzelnd und manchmal auch streitlustig bis bissig.

Ditsche war Kleinunternehmer und Hobbypoet. Er gab gerne mal ein Gedicht zum Besten, und ab und an murmelte er auch den einen oder anderen schmiedeunwilligen Vers leise vor sich hin.

Hajo arbeitete als Hausmeister. Seine Freizeit verbrachte er aber vor allem damit zu tauchen, aber häufiger noch Ditsche bei Gesprächen mit Jim Beam oder Klara Korn zur Seite zu stehen. Beides war seine große Leidenschaft.

Ditsche hatte in der Nähe seiner Wohnung einen kleinen, ruhig gelegenen See entdeckt, in dem auf vier Meter Tiefe eine alte, gut erhaltene Gartenbank stand. Dort verbrachten sie häufiger mal eine halbe Stunde, wie ein Rentnerpaar im Stadtpark, nur ganz ohne das obligatorische Taubenfüttern. Sie saßen einfach nur da und schauten, und ab und an kam auch mal ein Fisch vorbei.

Dave ließ seine Vielfliegerroutine augenblicklich in ein Koma fallen, wie eigentlich immer, wenn er irgendwo auch nur zehn Sekunden bequem saß; zuvor hatte er scherzhaft und natürlich vergebens nach einer Shisha, einer ägyptischen Wasserpfeife, gefragt. Er war Manager einer weltweit operierenden Firma, die ihn ständig rund um den Globus schickte; USA und Asien, aber nie an Örtlichkeiten, wo er gerne getaucht wäre. Doch dazu hatte er auf diesen Trips sowieso nicht eine Sekunde Zeit.

Klaas, seit kurzem Vollzeitrentner, war auch kein Unerfahrener am Himmel und entspannte sich ebenfalls. Ehemals Hotelier, hatte er Haus und Restaurant nach seiner Pensionierung seinem ältesten Sohn übergeben. Nun tat er das seiner Meinung nach einzig Vernünftige und war mit seiner Frau nur noch auf Reisen. Während sie es genoß, in einem gediegenen Resort die Tage am Strand zu verbringen, ging er auf Abenteuerurlaub. Er war ein begeisterter Unterwasserfotograf und besaß eine Ausrüstung vom Allerfeinsten. Als er, durch Ditsche „angeworben", zur Truppe stieß, fand er die dort herrschende Atmosphere erfrischend und die anderen waren ihm gleich sympathisch, was bei seiner norddeutschen, eher zurückhaltenden Art selten vorkam. Er war ein alter Hase, was den Tauchsport betraf, und von seinen Reisen, die auch vor seinem Ruhestand schon häufig unternommen hatte, wußte er viel zu erzählen. Die anderen hörten gerne zu, vor allem, wenn es ums Tauchen ging.

Klaas wurde auf Grund seines Alters von allen, die ihn nicht kannten, unterschätzt. Er war auf Amrum aufgewachsen, wo er schon als Jugendlicher täglich am frühen Morgen einmal mit dem Rad die Insel umrundete, eine Strecke von nicht weniger als 20 Kilometern, und tat dies heute noch konsequent jeden Tag. Er schwamm unter Wasser jedem Jungspunt locker weg. Dies mußte auch ein Guide erfahren, der ihn einmal hochnäsig beschied: „Ja, ich komme gleich nach. Schwimm du schonmal vor zum Riff. Ich hol' dich schon ein." Was er mitnichten schaffte.

Dieser Guide hatte es zuvor bereits durch einen anderen Mißgriff, eher ein Slapstick, an der Safaga-Bucht zu einer lokalen Berühmtheit gebracht: bei dem Versuch, eine Dame seines Herzens mit seinem Besuch zu beehren, war er bei einer quasi bayrisch inspirierten"Fensterl"-Kletterpartie des Nachts von Hotelangestellten erwischt, gestellt und angezeigt worden. Die Küste lachte, denn er hatte als Strafe die Ehre, die Spuren seiner Schuhe bei der erfolglosen Aufsteigeraktion zum Fenster im ersten Stock des Hotels ganzwändig zu überstreichen. Wahrscheinlich hatte auch der Richter geschmunzelt.

Als Taucher war Klaas allerdings ein wahrer Chaot, der sich so gut wie nie an die lebenswichtige Gruppendisziplin hielt. Er machte, was ihm einfiel, und wenn 40 Meter Maximaltiefe angesagt waren und er weiter unten ein ansprechendes Kameramotiv erblickte, dann ging er auch eben mal schnell ohne Ankündigung auf 60-65 Meter unter die Gruppe, und der Guide hatte seine liebe Mühe, ihn wieder einzufangen. Eingedenk dieser gefährlichen Vorliebe hatte ihm sein jüngerer Sohn, Tauchlehrer und Ausbilder an der Marinetaucherbasis in Eckernförde, einen Neoprenanzug und eine Tarierweste verschafft, die mit breiten grellgelben Querstreifen versehen waren. Klaas liebte seine Söhne und ließ nichts auf sie kommen, aber den Spitznamen „Biene Maja" mußte er sich deshalb immer wieder anhören. Bei Vorhaltungen hinsichtlich seiner Kapriolen unter Wasser lachte er und reagierte immer mit dem gleichen flapsigen Spruch: „Was will ein Popel einer Nase schon erzählen", aber das liebenswert und freundlich. Er war unbelehrbar; ein sturer, aber sympathischer und liebenswerter „Döskopp" von der „Waterkant", wie viele, die dort geboren und aufgewachsen sind.

Klaas hatte auch einmal von einem 70 Jahre alten Wrack erzählt, dem sogenannten „Genever"-Frachter, der auf nicht einmal 15 Meter Tiefe in der Fahrrinne zwischen Amrum und Sylt lag. Die Ladung sei, vor allem nach dieser Zeit, schlichtweg Gold wert. Das war an sich schon reizvoll. Aber die Nordsee ist kein Kuscheltümpel, die Sicht oft gleich Null, und auf Grund des Tidenhubs braucht es schon manchmal eines kraftvollen Stoßes mit dem Tauchermesser in den Sand, um von der Strömung nicht mitgerissen zu werden. Für geübte Taucher alles sicherlich machbar, aber nicht mit Klaas. Selbst Malte, Tauchlehrer mit weit über tausend Tauchgängen, winkte da ab.

Lisa, gelernte Berliner Straßengöre vom Hermannplatz, hatte ihr Leben frei nach Eric Burdons „Wir müssen raus aus dem Dreck" gestaltet, und mit viel Energie, Pfiffigkeit und Ausdauer hatte sie es auch nach vorn geschafft und war stolz darauf. Sie war ebenfalls Besitzerin einer kleinen Firma, vom Selbstverständnis und Auftreten her allerdings eher Chefin eines großen Unternehmens. Die anderen lächelten nur und genossen ihre Show, denn eigentlich war sie ein unkompliziertes und nettes Mädchen. Lisa gab sich wieder einmal unzufrieden, klingelte nach der Stewardess, beklagte sich bei ihr über die mangelnde Beinfreiheit und fragte, ob man den Sitz nicht verrücken könne.

Tine arbeitete seit Jahren als Buchhalterin, wäre aber zu mehr fähig gewesen, wenn da ihr unstetes Leben zugelassen hätte, und trat ab und zu als Sängerin mit einer Rockgruppe auf. Sie schaute wach und aufmerksam aus dem Fenster und war ausnahmsweise einmal ruhig. Tina war der „Flippi" der Clique und wurde auf Grund ihrer stets fröhlichen Art von allen geschätzt, trotz ihrer ständigen Rechthaberei. Ein Statement von Tine ließ keinen Widerspruch zu.

Sie wuchs mit einer „Hippie"-Mutter auf, erlebte viel Ungewöhnliches und hatte mehr Freiheiten als viele andere, verstand diese aber auch auszunutzen. Sie stand seit der Pubertät in ständiger, aber nie offen ausgetragener Konkurrenz mit ihrer Mutter, die ihr zeitlebens mit ihrem blendenen Aussehen und in ihrer Wirkung auf andere überlegen schien. Wenn sie ein Freund besuchte, interessierte er sich zunächst natürlich für Tine, war aber dann – unter anderem – völlig begeistert von der Schallplattensammlung, die eben nicht Tines, sondern die ihrer Mutter war.

Mit Ralph, ihrem „Verflossenen", hatte sie nach stressigen Trennungswochen mittlerweile ein gutes Einvernehmen gefunden. Ralph, Ingenieur bei der Telekom („Das ist nicht lila, das ist magenta"), saß neben seiner neuen Freundin Rosi. Der „Teddybär", wie sie ihn bisweilen nannten, war ein gutmütiger, vor allem aber hilfsbereiter Kumpel, der sich stets gut gelaunt präsentierte. Seit der Trennung von Tine schien sich jedoch etwas bei ihm verändert zu haben. Während ihn zuvor nichts aus der Ruhe zu bringen vermochte, reagierte er seitdem häufiger eimpfindlich und gereizt.

Malte, ehemaliger Eisschnellläufer, jetzt Tauchlehrer und einziger 4-Sterne-Taucher der Gruppe, tüftelte mal wieder wie so oft an seiner Erfindung weiter, von der er sich eine Revolution im Tauchwesen und viel Geld für sich versprach.

******

Exkurs – Maltes Erfindung

Es hatte ihn schon immer geärgert, daß Fische und anderes Meeresgetier durch das laute, grelle Blubbern der Ausatemgeräusche des Atemreglers verschreckt wurden, Distanz hielten oder sogar das Weite suchten. Da er schon mit einem sogenannten Kreisluftgerät getaucht war, das die ausgeatmete Luft nicht ausstieß, sondern ins System zurückführte, wo sie dann aufbereitet wurde, hatte er, was das Vertrauen der Fische betraf, phantastische Erfahrungen gemacht. Aber diese Teile waren extrem teuer, und Service gab es, außer auf gut finanzierten Expeditionen, so gut wie nie.

Eines Morgens beim Füllen der Kaffeekanne mit Wasser aus dem Hahn kam ihm dann die Idee. Das Wasser floß, aber nur mit einem leisen Zischen und nicht plätschernd, verursacht durch ein Siphon, ein im Hahn vor dem Wasseraustritt eingebautes feines Sieb, das das Wasser mit Luft verperlte. Was nun, wenn man die beiden großen Öffnungen des Atemreglers mit solchen Sieben versähe, die die Ausatemluft nicht in großen, laut zerplatzenden Blasen, sondern nur leise zischend, verperlt mit Wasser, entweichen ließe? Das zu lösende Hauptproblem dabei war die Maschengröße des Siebes und der dadurch auftretende zusätzliche Luftwiderstand für die Konstruktion des Atemreglers. Er hatte wochenlang herumgetüftelt und probiert und dann einen Prototypen zusammengesetzt. Und siehe da, es funktionierte: statt blechernem Getöse nur noch ein silbriges Zischen. Eine Revolution im Tauchsport! Doch trotz diverser Konsultationen von Fachleuten war bisher noch niemand darauf angesprungen. Patentanwälte, die er bemühte, hatten von der Materie allerdings nicht die geringste Ahnung und winkten ebenfalls ab. Seine Clique aber fand seine Idee genial und ließ ihn machen. Damit beschäftigte er sich nun schon eine ganze Weile, mit wenig Pausen. Doch für die Realisierung brauchte er Geld, wofür ihm sein Beruf als Tauchlehrer nicht genügend bot.

****

Ralph kuschelte sich an Rosi, Andi und Uschi unterhielten sich leise. Die anderen lasen oder hörten Musik. Ansonsten war bis auf das unermüdliche Summen der Motoren und das leise Klappern des Getränkewagens, der ein- bis zweimal während des Fluges vorbeigeschoben wurde, wie immer kein Laut in der Maschine zu vernehmen. Bis auf zwei von ihnen ahnte niemand etwas von dem kommenden dramatischen Ereignis.

Als sie Kreta überflogen, von dem sie knapp eine Hälfte überblicken konnten, kam eine Durchsage: „Krrrrr. Guten Morgen, liebe Fluggäste, hier spricht Ihr Kapitän. Ich muß Ihnen leider mitteilen, daß wir zunächst Kairo und nicht Hurghada anfliegen werden. Es gibt ein kleines technisches Problem. Zu irgendwelcher Besorgnis besteht jedoch keinerlei Grund. Ich wünsche Ihnen weiterhin einen guten Flug. Krrrrrrrrrrr." Wie immer bei solchen Vorfällen erhielt man weder jetzt noch später irgendeine Erklärung. Es war immer „ein technisches Problem". Also erstmal Kairo, heiß und staubig. Na toll!
Ditsche stöhnte.
„Kairo. Pah! Zehnmal lieber Safa gar als Kai roh."

Immerhin konnten sie die Pyramiden von oben sehen.

Nach der Landung wurden sie in einen großen, brechend vollen Warteraum geleitet. Sitzplätze waren Mangelware. Der Lautsprecher knackte: „Krrrrr. Achtung, Achtung! Eine Durchsage für die Reisenden nach Hurghada. Sie haben ca 3 Stunden Aufenthalt. Als kleine Entschädigung für Ihre Unannehmlichkeiten bieten wir Ihnen in unserem Restaurant einen kostenlosen und reichlichen Imbiß an. Danach geht es mit einer Inlandmaschine weiter. Die Zeit Ihres nächsten Boardings wird Ihnen mitgeteilt. Krrrrrrr." Natürlich waren alle hellauf begeistert. Ralph fluchte leise vor sich hin. Die Gruppe begab sich wieder in die Halle und steuerte auf das Restaurant zu. Die Atmosphäre im Flughafen war öde und drückend heiß, und selbst hier drinnen war es staubig. Einige reich aussehende Araber kamen ihnen mit ihren tiefschwarz verhüllten, hoch zugeknöpften Frauen entgegen. Man sah tatsächlich nichts von ihnen, und es blieb offen, ob sich unter der klinisch phanthasietötenden Hülle eine Frau, ein Mann oder ein Pinguin verbarg. Nonnen waren es keinesfalls. Klaas mußte sich eines Gepäckträgers erwehren, der ihm für ein Bakschisch unbedingt sein Gepäck abnehmen wollte; da der nächste ein Inlandflug war, mußten sie es selbst zum anderen Flugsteig schaffen. Ein „Nein" nützte nicht, und so begann er zu singen: „La, La, La, La, La!" Danach hatte er seine Ruhe. Dave schaute erstaunt.

„,La' ist das arabische Wort für ‚Nein'", klärte Klaas ihn auf.

Das Restaurant war nicht gerade der Gipfel gastronomischer Gemütlichkeit; das Essen schmeckte entsprechend; alt-verkocht und fade. Sie ließen es stehen, um sich durch diese „Entschädigung" nicht noch weiter zu beschädigen. Es wurden dann doch vier Stunden, bis sie an Bord gehen konnten und es weiterging.

Die Flugzeit nach Hurghada betrug knapp 40 Minuten. Was sie nach dem Start als erstes wahrnahmen, war Essensgeruch, aber nicht aus der Kombüse. Für eine Essensausgabe war die Flugzeit zu kurz. Malte kam nach vorn.

„Stellt euch vor, da hinten in der letzten Reihe sitzt ein Araber, der hat auf seinem Tischchen einen Gaskocher aufgebaut und bruzzelt sich sein Kamelsteak!"

Bis die Stewardessen etwas merkten, war der Araber schon satt, hatte abgeräumt, und die Sache war erledigt und nie geschehen.

Nicht zum ersten Male waren der Anflug und die Landung in Hurghada abenteuerlich. Es war nicht prickelnd, besonders nach der am Morgen erlebten „technischen Panne". Der Pilot, allem Anschein nach ein ehemaliger Jagdflieger der ägyptischen Luftwaffe, zog einen weiten Bogen über das gesamte Küstenarreal, indem er den linken Flügel steil nach unten stellte, und sie sahen gefühlt bis in die Badezimmer der Hotelanlagen, ebenso gefühlt aber auch, dabei aus dem Sitz und dann aus dem Fenster zu fallen. Sie krampften sich an ihre Armlehnen, und Rosi zitterte am ganzen Leib.

Nun, runter kommen sie immer, und auch dieses Mal heil. Sie checkten aus, holten ihr Gepäck vom Band, und bevor sie in den bereits wartenden Kleinbus stiegen, deckten sie sich im Duty Free-Shop des Flughafen noch reichlich mit 3 Paletten Becks Bier sowie einigen etwas schärferen Sachen ein. Ägyptisches Bier hat man spätestens nach vier bis … Tagen über, obwohl die Brauerei in Kairo auf Lizenz von Heineken produziert; eine sehr ägyptische Variante namens „Stella". Der Geschmack und die ab und an darin schwimmenden „Schnecken" waren ganz sicher nicht holländischen Ursprungs. Die Frage, ob die wahrscheinlich muslimischen Arbeiter wegen den verachtenswerten Alkohols hineingespuckt hatten oder die Grundsubstanz Nilwasser war, wo ab und an auch mal ein Esel- oder Kamelkadaver vorbeischwimmen, konnten sie bisher nicht klären. Und Hochprozentiges gab es nur an den Hotelbars zu horrenden Preisen. Kurz vor der langen Fahrt in den Süden Richtung Safaga ließ Ditsche noch einmal anhalten. „Ich muß schnell noch was erledigen", und verschwand im Eingang des nächstgelegenen Hotels. Nach zehn Minuten kam er mit einem mürrischen Gesicht und einem gefährlichen Ausdruck in den Augen zurück:

„Ich wollte nur schnell ein Fax an die Kinder schicken, daß wir gut angekommen sind. Die machen sich immer Sorgen, wenn ich fliege."

Er schnaubte wütend.

„Und wißt ihr, was dieser Arsch am Tresen sagte? ,Natürlich, Sir. 15 Dollar'. Ey Leute! Und dabei hat er noch gegrinst. Aber was sollte ich machen… Ich sage euch, die Ägypter können besser bescheißen als die Deutschen."

Grummelte es und drehte sich in die Ecke seines Sitzes.

Ralph mußte noch etwas loswerden.

„He, Andi, weißt du noch, wie wir vor 3 Jahren mal zwei Paletten Becks ins Hotel schaffen wollten? Ganz offen auf der Schulter, so wie ein Kellner sein Tablett. Die haben uns nicht reingelassen: das sei nicht gestattet. Wir hatten dummerweise nicht bedacht, daß die natürlich ihr eigenes Bier verkaufen wollten. Das nächste Mal sind wir es dann anders angegangen, und die Boys, die unsere Tauchtaschen trugen, haben gut geschwitzt. Aber es funktionierte.
Also Leute, verteilt die Büchsen auf eure Taschen. Hakim wäre sicherlich auch nicht begeistert."

Sie fuhren los. Die Stadt wich langsam zurück, nur die Hotelanlagen am Strand, aufgereiht wie auf einer Perlenkette und eine architektonisch ausgefallener als die andere, waren noch bis zum Ende der Bucht zu bewundern, sicherlich für viele faszinierend. Doch das war nicht ihre Welt. Hinter der Stadtgrenze änderte sich das Panorama schlagartig. Die Landschaft zog nun eintönig vorüber, links das Rote Meer, rechts die graubraune Wüste. Einige dösten mit dem Kopfhörer auf den Ohren vor sich hin, die anderen lasen oder schliefen.
Dave sog die neuen Eindrücke in sich hinein.
‚Warum Rotes Meer', dachte er, ‚woher kommt dieser Name?'
Das mußte er unbedingt nachlesen. Von wegen rot!
Erst am späten Nachmittag kamen sie beim Hotel in Safaga an. Hakim, der Besitzer, ein gemütliches Schlitzohr, saß auf der Terasse und begrüßte sie überschwenglich; sie waren nicht zum ersten Male da. Er stellte uns seinen neben ihm sitzenden Gast, einen weißhaarigen Greis in ägyptischer Tracht, der den zweiten Schlauch der Wasserpfeife in der Hand hielt, als Bürgermeister von Safaga vor.
„Habt ihr mir Kaffee mitgebracht? Deutschen Kaffe? Das ist der beste. Hoascht mi?", lachte er.
Hakim hatte einen bayerischen Freund; er konnte nur wenig Deutsch, kannte aber dafür einige bayrische „Spezialausdrücke". Er bekam seinen Kaffee, und die Truppe begab sich erst einmal auf ihre Zimmer, um ihr Gepäck wegzusortieren. Die Basis, ein zweistöckiges Gebäude, befand sich nur wenige Schritte vom Hintereingang des Toubia Hotels entfernt. In der „Hofeinfahrt" dazwischen stand wie gewöhnlich der Pick Up, der morgens und abends Flaschen und Tauchgerät von der Basis zum

Kai und zurück beförderte. Ihr Tauchpaket hatten sie schon von Berlin aus durchorganisiert, sodaß sie nur noch hinübergingen, um mit großem Hallo von Frank und Gerd begrüßt zu werden und ihre Preßluftflaschen zum Füllen abzuliefern. Am nächsten Morgen war dann um 8.30 Uhr pünktliches Erscheinen samt Tauchgerödel angesagt. Bevor sie sie sich zum Hotel zurückbegaben, rief Gerd alle noch einmal kurz zusammen.

„Also, Leute, ihr seid ja heute noch mehr als letztes Mal, und wieder mal zu viele für eine Tauchgruppe. Wir machen es einfach wie gehabt. Ihr geht wieder in zwei Gruppen ins Wasser; die eine führen Frank oder ich, die andere vielleicht Malte oder auch jemand anders. Das überlasse ich euch. Es gibt einige Basen, die sich an so etwas nicht halten. Nach der Devise: je größer die Gruppe, desto weniger Aufwand, desto mehr Kohle, und um so mehr Shisha, Shish Kebab und Bauchtanz. Wenn schlechte Sicht herrscht – die haben wir manchmal bei Sandy Island oder Gamul Soraya – können schon Vierergruppen ein Problem werden. Ansonsten aber hat ja sowieso jeder seinen Buddy.... Aber letztlich stirbt jeder für sich allein", fügte er feixend hinzu und grinste .

Im Hotel winkte Hakim sie zum Tresen. Es waren noch Formalitäten zu erledigen und die Pässe abzugeben. Da kam Ali aus der Küche gestürzt und begrüßte sie freudestrahlend.

„Salam Aleikum. Möönsch, wieder da? Willkommen, willkommen. Wie schön", radebrechte er in seinem kargen Deutsch.

„Kommt, kommt! Ihr habt Hunger. Ich mache schnell etwas fertig für euch."

Ali war ein Spitzenkoch und vor allem Spezialist für alle Arten von gefülltem Gemüse, ob Paprika, Tomate, Zucchini oder anderem. Außerdem war ein lustiger Kerl und immer zu irgendeinem Dummfug aufgelegt. Zum Geburtstag einer Frau in der Tauchgruppe im Jahr zuvor kam er mit einem großen, reich überzuckerten Kuchen aus der Küche stolziert und präsentierte ihn stolz Margot. So hieß sie. Die strahlte. Plötzlich gab es einen lauten Knall. Der Kuchen zerplatzte wie ein Luftballon – was er gut verborgen unter dem Zuckerguß auch war – und Margot war von oben bis unten damit bekleckert. Er mußte wohl eine Nadel in der Hand verborgen haben, und er konnte sich vor Lachen nicht halten. Alle und auch Margot stimmten nach der ersten Verblüffung mit ein. Das war Ali. Sie wehrten sein Angebot erst einmal freundlich ab.

„Nicht heute, Ali. Laß uns erstmal richtig ankommen."

Sie versprachen ihm, ihn am nächsten oder übernächsten Tag aufzusuchen und für die ganze Gruppe einen Tisch zu reservieren.

„Mach uns bitte deine Spezialitäten. Da sind wir schon ganz heiß drauf."

Sie begaben sich kurz auf ihre Zimmer, um noch zu duschen und sich so für den Abend frischzumachen. Als sie sich wieder auf der Terasse einfanden, war es bereits dunkel geworden. Die Tageshitze ließ allmählich nach, und ein leichter Wind kam vom Meer auf. Sie verpflanzten sich in die zum Shisharauchen eingerichtete Ecke, die mit Matratzen ausgelegt war.

Dave bekam endlich seine Wasserpfeife. Hakim brachte sie ihm persönlich, stopfte sie sorgfältig und legte die rotglühende Holzkohle auf den Tabak. Ditsche sah interessiert zu, wie Dave genüßlich saugte und die Luftblasen in der Glasflasche leise vor sich hinblubberten.

„Das muß ich auch versuchen."

„Ditsche, sei vorsichtig. Du weißt nicht, was da rauskommt", stichelte Tine.

Ralph schloß sich an. Eine zweite Shisha wurde gebracht, und dann war von den dreien nichts weiter zu hören, als ab und zu das leichte Hüsteln von Ditsche, der eigentlich Nichtraucher war. Trotzdem verlangte er, nachdem die erste abgebrannt war, eine zweite und später sogar noch eine dritte. Es schien ihm zu behagen. Ralph zog mit.

Irgendwann nach einem neuen Hustenüberfall richtete er sich halb auf.

„He, hört zu. Hab was Neues. Kommt direkt aus der Shisha:

,Der Stachelrochen schwebt zur Seite
kommt er gekrochen, such was Weite.

Er lachte und hustete seinen Hals wieder frei.

„Mann, wie macht ihr das bloß, ich meine die Raucher? Das muß unter Wasser doch schon mal die Hölle sein", fragte Dave.

„Ganz im Gegenteil", belehrte ihn Ralph leise schmunzelnd.

„Das ist kein Geheimnis. Taucher sollten eigentlich alle rauchen. Das ist quasi so, als ob du deine Atemwege, die ja nicht glatt und ohne Unebenheiten sind, wie eine Straße mit vielen Schlaglöchern asphaltierst, oder eben teerst. Das Resultat ist nach einer Weile, daß es weitaus weniger

Luftverwirbelungen beim Ein- und Ausatmen gibt."
Dave schaute mißtrauisch und schien nicht überzeugt.
„Na, wer's glaubt…"
Die anderen grinsten. Es war einen Versuch wert gewesen. Das Tauchküken begann mit den Flügeln zu schlagen.
Später, als Ditsche zur Toilette wollte, mußte Ralph ihm hochhelfen.
„Mann, mir ist ganz schön duselig", lachte er.
Das war wohl die mangelnde Erfahrung eines Nichtrauchers mit einer gewissen Diszipliniertheit auf völlig fremdem Terrain.

Inzwischen startete gemäß dem üblichen Ritual das Einstandstrinken, der Startschuß für die Tauchwoche. Die erste Flasche Cognac und ein Ouzo wurden geköpft. Hakim stand auf, ging ins Restaurant, kam mit zwei Wassergläsern zurück und hielt sie auffordernd hin:
„Koa Ouzo, wenn I bitten derft!"
Er wartete geduldig, bis sie bis zum Rand gefüllt waren, reichte dann eines seinem Gast und schob sich nach einem ordentllichen Schluck wieder den Schlauch der Wasserpfeife in den Mund. Sie kannten Hakim seit Jahren; er war ein fortschrittlicher, geschäftstüchtiger Ägypter, aber sein Gast, ein greiser muslimischer Bürgermeister? Das kannten sie noch nicht. Aber sie begriffen schnell: es war Nacht, eine Markise befand sich über der Terasse, also galt: Allah sieht nix! Der Greis leerte sein Glas in einem Zug und hielt es freundlich lächelnd wieder in Richtung der Flasche.
Plötzlich bemerkte Andi:
„Oh Mann, ich habe mein Portemionnaie oben liegenlassen. Bin gleich wieder da."
Er rappelte sich auf und verschwand im Treppenhaus. In seinem Zimmer nahm er sein Portemonnaie an sich. Dann schlich er sich in Ralphs und Rosis Zimmer und nahm aus Rosis Koffer ein kleines Gerät, das er bei seinem nächsten Tauchgang brauchen würde und das er, unter seinem weiten Kapuzenpulli verborgen, in Richtung Basis wegtrug, wo er sich dann die räumlichen Gegebenheiten noch einmal gründlich anschaute. Nach einer Viertelstunde kreuzte er wieder auf.
„Was für ein Quatsch. Mußte das sein?", fragte Uschi.
„Doch, ohne fühle ich mich nackt, und es im Hotel herumliegen zu lassen ist hier auch nicht der Bringer," entgegnete Andi.

Kurz darauf richtete sich Malte auf:

„Hey Andi, zeig doch mal, wozu so'n Hochdruckschlauch sonst noch taugt außer zum Angeben. Das Gerappel auf der Schulter muß doch ziemlich nerven, so steif wie der ist. Los, schlürf mal einen Schluck Wodka."

Andi sträubte sich, aber die anderen stimmten ein und ließen nicht locker. Und so nahm er ihn ab, schraubte den Verschluß auseinander und nahm einen kräftigen Zug aus der Flasche. Dann wollten die anderen auch. Der Schlauch, der so einiges kann und aushält, war allerdings länger und dicker als ein Strohhalm, und so wurde es ein nachhaltiger und langer Abend, eigentlich nicht anders, als wenn sie sich zu Hause trafen. Im Feiern machte ihnen keiner etwas vor. Sie drangen jetzt wie so oft bei solchen „Gelagen" auf Ditsche ein:

„Los, Ditsche, ein Gedicht."

Er ließ sich nicht lange bitten, denn das konnte er in jedem Zustand.

„Ihr Millionen Haie,
macht's doch mal real!
Habt die bess'ren Zähne,
haut die Küsten kahl.
Euch hat man verladen...
Flossensuppe, Steak
wenn die Leute baden
macht ihr einfach "Queek!"
Seid doch einmal barsch
und beißt sie in den Arsch."

Sie waren begeistert. „Noch eins bitte, bitte", bettelte Lisa.

„Aber nur ein kurzes, und dann laßt mich in Ruhe.
Nordseerobben robben
denn dat Watt ist weich.
Friesen deshalb joggen
lieber hinter'm Deich."

„Bitte noch eins, Ditsche!"
„Ihr spinnt doch. Aber na gut. Ist aber Fleisch und nicht Fisch.

„Die Gams erwacht im fremden Forst
des morgens in ‚nem Adlerhorst.
Sie schaut sich um und spricht betroffen
‚Mein liebe Schwan, war ich besoffen‘.“

Und nun ist Schluß. Ich will meine Ruäääh! Ich hab Urlaub.“
Schließlich gab Klaas noch ein Erlebnis zum besten. Er nannte es vor-
weg seine „Abyss“-Geschichte.
„Ich habe mal was gesehen, das kann ich heute kaum glauben. Das war
auf Kuba. Ich befand mich auf etwa 18 Meter Tiefe vor einem relativ
flachen Riff. Grund war auf ungefähr 35 Metern, und dann fiel der Mee-
resboden allmählich ab. Irgendwann drehte ich mich um, um nach den
anderen zu sehen, da gewahrte ich etwas, das mir heute, im Nachhinein,
wie ein Traum vorkommt. Urplötzlich schwebte wie aus dem Nichts ein,
ich sage mal, Wesen nicht einmal einen Meter vor meinem Gesicht. Leute, das sah aus, sowas hatte ich in keiner meiner Denk- oder Wissens-
schubladen. Es war etwa so groß wie eine Handfläche, flach, fast rund,
leuchtend rosa, und um die Peripherie pulsierten rhythmisch Lichter in
allen Farben im Kreis. So wie eine Lichterkette auf einer Gartenparty.“
Die meisten guckten reichlich skeptisch, Tine grinste verhalten.
„Glaubt mir, das war so. Das Ding stand völlig still im Wasser, nur die
Lichter kreisten, und ich hatte ein Gefühl, als ob es mich ansähe. Ihr
erinnert euch an den Film ‚Abyss‘, in dem der Taucher – das war Sam
Neil, nicht wahr – in sehr großer Tiefe über einem bodenlos schwarzen
Abgrund hängt und von einem Alien besucht wird, das aus der Tiefe
emporgestiegen war. Der im Film war bestimmt vier Meter groß, aber er
sah exakt genauso aus wie das, was ich vor mir hatte. Ich weiß nicht, das
muß ein abgerissenes Stück Anemone gewesen sein, oder eine seltene
Quallenart oder so etwas ähnliches. Tier, Pflanze, was auch immer, du
meine Güte. Mein Blitz war noch nicht aufgeladen, weil ich gerade ein
Bild gemacht hatte, und bevor ich abdrücken konnte, war dieses Ding
ruckzuck verschwunden. Das ganze dauerte nicht länger als eine halbe
Minute. Es war sicherlich kein Alien, dazu war es dort wohl nicht tief
genug. Sonst würde ich das heute eher glauben. Aber, weiß man’s.“
„Also erstmal war das Ed Harris. Aber gute Geschichte. Seit in unserem
kleinen See Kojaks wachsen, glaube ich alles. Der eine hatte sogar schon
Papier drumrum.“

25

So schräg wie dieser Einwurf war, konnte er nur von Ditsche stammen. Die anderen lachten.

„Na ja, letztens, da haben wir so ein Teil einen Meter von unserer Bank entfernt auf dem Grund stehen sehen, weißt du noch, Hajo?"

„Klar, aber ich glaube, es waren sogar zwei oder drei."

„Was sind 'n Kojaks?, fragte Lisa.

„Na, Kojak-Lollys, kennst du nicht? Kleine kugelrunde Lutscher. So einen hatte dieser New Yorker Bulle in der Fernsehserie ständig im Mund. Immer schön in die Backe geschoben. Selbst beim Sprechen nahm er den nicht raus. Die heißen so, weil sie so aussehen wie seine Vollglatze."

„Niemand, dem ich davon erzählt habe, hatte so etwas schon gesehen", fuhr Klaas fort, „und erklären konnte es auch keiner. Das werde ich mein Lebtag nicht vergessen. Abgerissene Anemone, Qualle? ich habe nicht die geringste Ahnung. Am wahrscheinlichsten ist, daß mit einer Strömung einer von diesen Tiefseebewohnern nach oben getragen wurde, wie es ja ab und zu geschieht. Von denen sehen viele ja äußerst merkwürdig aus, und „beleuchtet" sind tatsächlich so einige."

Die anderen nickten jetzt zustimmend. Was für ein kribbelndes Erlebnis! Sie waren alle heiß auf's Tauchen und freuten sich auf die nächsten Tage. Diese Art von „Taucherlatein" schraubte ihre erwartungsvolle Spannung ein beträchtliches Stück nach oben.

Zum Abschluß nahmen sie noch einen Absacker an der Hotelbar.

„Sag mal, Klaas, wie ruft man hier einen Kellner?", fragte Dave.

„Das heißt ‚Habibi'", antwortete Klaas.

Die anderen glucksten und verkniffen sich ein Grinsen. „Habibi" bedeutet „Liebling" oder „Schatz". Nun, Dave war das erste Mal in Ägypten. Da mußte er durch. Der Kellner schaute etwas konsterniert, ließ sich aber ansonsten nichts anmerken.

„Warum guckt der denn so komisch?"

Später, als es still geworden war und sie in ihren Betten lagen, lauschten einige noch fasziniert auf das leise Rauschen des Meeres, die anderen selten gehörten Geräusche, nahmen die fremden Gerüche wahr und schauten verträumt nach oben zum sternklaren Himmel, den sie im Zimmer zwar nicht sehen konnten, aber trotzdem fühlten. Zwei von ihnen konnten trotz des anstrengenden Tages nicht gleich einschlafen und lagen noch länger wach als die anderen.

****

26

2.

ZWEITER TAG

Das Toubia Hotel

Hakims Hotel lag am nördlichen Stadtrand von Safaga direkt am Strand, nur knapp 200 Meter vom Anleger der Tauchboote entfernt. Glücklicherweise leitete eine Umgehungsstraße den Durchgangsverkehr vom Meer weg, und so war es angenehm ruhig. Das hübsche Gebäude hatte im ersten Jahr zwei Stockwerke, jetzt waren es drei. Jedes Zimmer hatte einen Balkon, schön geschwungen und niedlich anzusehen, aber zum Benutzen waren sie zu klein, und es war einfach immer zu heiß, was aber immerhin zum Trocknen von Handtüchern ganz praktisch war. Tagsüber hielt sich sowieso niemand im Hotel auf, und wenn gegen Abend eine zarte, kühle Brise vom Meer wehte, war man auf den dicken Steinfliesen der Terrasse vor dem Hotel besser aufgehoben, da dieser leichte Wind nicht ausreichte, um die aufgeheizten Mauern des Gebäudes merklich herabzukühlen. Später gegen 22-23 Uhr, wenn sich alle auf ihre Zimmer begaben, war es eher ratsam, die Balkontüren zu schließen, denn der Wind vom Meer schlief nach ca zwei Stunden ein. Stattdessen erhob sich ein anderer Wind aus entgegengesetzter Richtung, also der Wüste, der heißer war als die Abluft eines großen Staubsaugers nach einer gründlichen Wohnungsreinigung, den jemand umgedreht stehengelassen und dann auszuschalten vergessen hatte. Wem dieses Bild nicht reicht, der stelle sich einen Haarfön auf Stufe drei vor. Zum Glück für eine geruhsame Nacht zog dann irgend jemand nach etwa zwei Stunden den Stecker, aber besser als gerade so erträglich wurde es trotzdem nicht. Die Anreicherung von Stickstoff, die sich nach jedem Tauchgang über die Woche hin täglich aufsummierte, machte abends zum Glück schläfrig genug. Es erging vielen nach einer durchtauchten Woche sogar so, daß sie abends Mühe hatten eine Treppe hinaufzusteigen, ohne dabei einzuschlafen.

Gleich neben dem Toubia Hotel befand sich eine große ummauerte Anlage, errichtet als Sammelpunkt für Mekka-Pilger, die dann die große

Fähre von Safaga aus zum Wallfahrtsort nahmen. Sie sollten diese Menschen, die mindesten dreimal täglich weittragend von oben herab von einem Muezzin beschallt wurden, später in der Woche auch noch genießen. Es war kurz vor Ramadan, dem islamischen Fastenmonat.

Das Ambiente des Hotels war nicht gerade so, wie man es sich von einer Bucht am Roten Meer erträumte. Von einem schönen Strand konnte nicht die Rede sein. Es gab nur Sand, der reichlich ungepflegt aussah, und dann das Wasser. Nicht eine einzige Palme, keine Liegestühle oder Sonnenschirme, keine Strandbar, praktisch nichts war dort zu sehen, außer fast täglich einem alten Araber, der vom frühen Morgen bis in den Nachmittag hinein stundenlang in der Sonne brütete, seine komplett schwarz verschleierte Frau zu seinen Füßen im Sand kauernd, und immer wieder diversen verwilderten Hunden, die die Straßen bevölkerten und sich hier spielend austobten. Es gab nichts: eine Straße, der Kai mit den Tauchbooten, das alte Pärchen und einige Hunde. Aber sie waren ja auch zum Tauchen hier, nicht zum Sonnenbaden, und den Tag über verbrachten sie sowieso auf dem Wasser. Hauptsache, die Tauchplätze stimmten. Und wie sie stimmten, wie einige bereits wußten.

Leider hatte das Toubia Hotel noch keine Klimaanlage. Der Trick mit der Hitze ansonsten war, außer natürlich den ganzen Tag auf dem Wasser oder darunter zu verbringen, die Klimaanlage tagsüber, wenn man abwesend war, auf höchster Stufe laufenzulassen, damit der Raum dann abends und nachts einigermaßen heruntergekühlt war.

Sie nachts laufenzulassenanzustellen war für Taucher keine Option. Eine verschnupfte Nase und eine gereizte Stirnhöhle sind am nächsten Tag kein Spaß und machen einen Tauchgang eigentlich unmöglich, zumindest aber gefährlich. Dave hatte das schon einmal leidvoll erfahren müssen. Wenn man beim Abtauchen keinen Druckausgleich hinbekommt, ist das eine Sache. Der Tauchgang ist dann vergessen. Wirklich gefährlich wird es, wenn man aus 30 Metern auftauchen will und die sich wieder ausdehnende Luft aus Stirn- und Nebenhöhlen nicht entweichen kann, weil die Ausgänge verstopft sind. Es tut höllisch weh, und man kann partout nicht höhersteigen, muß aber. Dave schaffte es irgendwie und lag später in seinem Hotelzimnmer eine Stunde lang mit gewaltigen Kopfschmerzen wie eine Flunder rücklinks auf seinem Bett, Kopf nach unten, bis dieser endlich dazu bereit war, die angestaute Luft freizugeben.

Die Basis

Frank und Gerd, geboren und aufgewachsen in der ehemaligen DDR und als Taucher ausgebildet bei der „DIWA", einer Institution, die dem westdeutschen Taucherverband „VDST" in Ausbildungsqualität in nichts nachstand – trotzdem mußten sie nach der Wiedervereinigung ihre Tauchlehrerprüfungen wiederholen – hatten die Basis um 1992 aufgebaut und zu einem gern und viel besuchten Taucherdomizil gemacht. Es war eine gut ausgestattete Basis mit Werkstatt, einem großen Kompressor, großem Spülbecken für das Auswaschen des Gerödels nach der Rückkehr vom Boot, genügend Raum für das Trocknen der Anzüge und Tarierwesten, sowie einem schönen Vorraum mit Tresen, der wirklich annehmbar gewesen wäre für ein frisches Bier nach dem Tauchtag, dem man aber auf Grund der dort gestauten Hitze des Tages bald wieder entfloh.

„Nach Hurghada fahren wir nur zum Essen – hier in Safaga gibt es zum Beispiel keinen Chinesen – oder um Material zu besorgen. Dort treten sich die Tauchtouristen gegenseitig tot. Echt. Die da Urlaub machen sind zum größten Teil Prolls. Die bewerfen sich, wenn sie so richtig drauf sind, in den Kneipen, den Restaurants und Bars mit den Erdnüssen, also eigentlich Lebensmitteln, die überall kostenlos auf den Tischen stehen. Wenn man das sieht, kann man den äyptischen Fanatiker, der vor zwei Monaten auf dem Marktplatz von Hurghada plötzlich eine Kalaschnikow in Anschlag brachte und mal eben fünf, sechs Touristen umgenietet hat, irgendwie verstehen. Am Pier geht es morgens zu wie auf dem Kasernenhof. Da treten die Taucher dann wie Kompanien an und werden nach Nummern- und Buchstabencodes auf die Boote verteilt. Bis zu 300 Hirnis manchmal. Für uns ist der Ort tabu. Vor zwanzig Jahren war Hurghada noch ein kleines Fischerdorf mit nichtmal 30 Häusern. Jetzt ist es ein Konsummonster, die ägyptische Variante vom Goldrausch. Die Hotelanlagen am Strand waren wie Pilze aus dem Boden geschossen, und Ägypten zog mit großem Getöse in den Tempel des Tourismus ein." Frank schüttelte sich.

„Es sieht alles so schön aus, und manchmal wirken die Anlagen wie aus „1000 und eine Nacht'. Aber glaubt nicht, daß ägyptische Hotels jemals fertig werden. Siehe das Toubia Hotel und die fehlende Klimaanlage. Aber ihr habt sicherlich auch schon einige unfertige Türschwellen oder

die abenteuerlich angebrachten Armaturen im Bad gesehen Was die so für Klempnerarbeit halten."
Er lachte.

Von Anfang an hatten sich die beiden dem Riffschutz gewidmet und in mühevoller Arbeit damit begonnen, an den täglich angefahrenen Riffen Sandanker in den Grund zu setzen, um das übliche Ankerwerfen direkt ins Riff zu unterbinden. Die Leine zum Festmachen trieb dann an einer Boje unweit vom Riff auf dem Wasser; die Boote brauchten sie nur aufzufischen und sich dann zu vertäuen.
Die Kapitäne warfen ihre Anker gewöhnlich einfach auf das Riffdach und scherten sich nicht um die Schäden. Die waren besonders groß, wenn sich wie häufig ein neu ankommendes Boot aus Bequemlichkeit an ein anderes hängte, dann noch eins und noch eins, bis der Anker nicht mehr hielt, herausgerissen wurde, am Riff hinunterschürfte und alles mit sich riß.

Des weiteren hatten sie den Dornenkronen den Kampf angesagt, Seesterne, die in ganzen Horden über die Korallen herfallen und in ein bis zwei Wochen ein komplettes Riff abweiden. Unter den Fischen haben sie wenige Freßfeinde, nur eine Schnecke, das Tritonshorn, ernährt sich ausschließlich von ihnen. Deren Zahl hatte allerdings erschreckend abgenommen. Touristen begehrten sie ein wegen ihres schönen Gehäuses, und den Ägyptern gelten sie als Delikatesse. Hinter einem Hotel in Marsa Alam hatten Ralph und Rosi im letzten Jahr einen fast 5 Meter hohen Berg an Gehäusen entdeckt. Zusammen mit anderen Basen sammelten sie die Tiere in großen Netzen und ließen sie dann einfach an Land in der Sonne austrocknen. Anders war ihnen kaum beizukommen.
Wenn man einen Seestern von einer Koralle löst und es bleibt vielleicht ein abgerissener Arm zurück, so entwickelt sich aus diesem ein komplett neuer Seestern. Die nachgewachsenen Arme sind zwar kleiner, aber damit ist es wieder ein vollständiges Tier.

****

30

Etwas zerknautscht und ziemlich einsilbig trafen sie sich am nächsten Morgen beim Frühstück und stürzten sich auf den Kaffee. Vor allem Ditsche und Hajo bedienten sich reichlich. ‚Wenn das nicht mal wieder ein Anzugpinkelfest wird', dachte Malte ahnungsvoll. Dann ging es an das Zusammenpacken des Tauchgerödels und zur Basis. Ein Pick-Up fuhr mit dem Material und den Flaschen voraus, und die Meute trottete, mittlerweile halbwegs wach, hinterher.

Pünktlich um 9 Uhr legte das Tauchboot ab.

1. Tauchgang – Sandy Island
Der Check Dive

Dieser Tauchplatz, den einige natürlich schon kannten, gehörte zu der kleinen, im Norden der Bucht von Safaga gelegenen Insel Tobia Island und trug seinen Namen zu Recht: ein passendes „Sandonym" für sein sandiges Ambiente. Er kam beim Tauchgang meist ziemlich ereignislos daher. Ein sicheres Terrain für die am ersten Tauchtag üblichen Check-tauchgänge der Basen: ‚Wie fit sind die im Tauchen?'. Bemerkenswert war an diesem Riff eine große Kolonie Sandaale von 30-40 Tieren, die auf etwa zwölf Metern Tiefe in der sanften Dünung fast synchron hin und herwogten wie ein Weizenfeld im leichten Sommerwind. Sie werden wegen ihrer Ähnlichkeit mit Aalen so genannt, erreichen etwa einen halben Meter Länge und ziehen sich, wenn man näherkommt, wie eine abflachende Woge ebenso synchron in ihre Sandlöcher zurück, in denen sie stecken und die sie nie verlassen, die vordersten als erste. Sie reagieren besonders empfindlich auf die Ausatemgeräusche der Taucher, und näher als bis auf zehn Meter kommt man selten heran.

Heute begann alles ganz anders. Gleich von Beginn des Tauchgangs an heftete sich ein wohl sehr übellauniger Titandrücker, der zuvor in seinem Revier mit rollenden Augen hin und her geprescht war und alles Leben aus seinem Bereich vertrieb, an unsere Fersen. Auch wir waren ihm wohl zu nahe gekommen. Dieses Prachtexemplar hatte es dann besonders auf Malte abgesehen, folgte ihm quasi „auf dem Fuße" und attakierte unablässig seine Flossen. Wenn sich Malte umdrehte, ergriff er die Flucht, kehrte aber sofort zu seinem Opfer zurück, wenn Malte wei-

31

terschwamm. Dieses Spielchen wiederholte sich diverse Male. Er war erst nach 20 Minuten abzuschütteln, als Malte ihn seinerseits angriff und verfolgte. Er suchte das Weite und war weg. Titandrücker knacken mit ihren Zähnen Muscheln, und es ist nicht ratsam, ihrem kräftigen Gebiß zu nahezukommen. Sie sehen mit ihren großen, ständig wie verrückt rollenden Augen tatsächlich so aus, als ob sie nicht alle Seepferdchen im Stall hätten.

Wieder an Bord, wurden sie wie gewöhnlich mit Tee und Cola empfangen. Das eine oder andere kam immer richtig. In einer Dreiviertelstunde unter Wasser atmet man eine Menge feuchtigkeitsgesättigte Luft ab und verliert viel Flüssigkeit, weil die Luft in den Flaschen gewöhnlich möglichst trocken ist, um Korrision in den Flaschen zu vermeiden. Das macht ziemlich durstig.

Nach dem Mittagessen war Ruhepause bis ca 14 Unr. Alle dösten vor sich hin oder schliefen unter dem Sonnensegel auf dem Oberdeck, nur von Ditsche war wieder einmal kurz ein Gemurmel zu hören:

„Der Feilenfisch hat keine Eile.
Er feilt am Netz und braucht ‚ne Weile.“

Später während der Fahrt zum nächsten Riff interessierte sich Dave für Klaas' Unterwasserkamera.
„Das ist ein schönes Ding. Teuer?“
„Ja, aber ein richtiges Schmuckstück. Hochauflösend, die Bedienung ist äußerst komfortabel, und vom Gewicht her gut austariert. Die schwebt fast im Wasser. Aber das Wichtigste bei der Unterwasserpotografie ist der Blitz. Die hier, das ist was ganz, ganz Feines. Sieh mal die Blitzarme. Rechts und links möglichst weit weg vom Objektiv und eben zwei. Die kann man auch noch in jede Richtung drehen. Damit hast du weitaus weniger Schlagschatten. Der verschwindet fast ganz hinter deinem Motiv, und das Bild kriegt dadurch auch noch mehr Tiefe.“
Er kam ins Erzählen und lächelte verschmitzt..
„Auf Kuba hatte ich einmal so einen Taucher an Bord, Schwimmlehrer oder Bademeister, das weiß ich nicht mehr… Na ja, auch ein Beruf, neech? Jedenfalls hatte der die gleiche Kamera, und dieser Mensch wechselte auf der Fahrt zum nächsten Riff bei voller Fahrt den Film.

Saß auf der Bordwand im Heck, öffnete die Kamera und machte einen neuen Film rein. So'n Dööskopp! 'n bißchen Spritzwasser reicht da zum Ruinieren schon völlig aus. Natürlich versagte das Gerät gleich beim nächsten Tauchgang. Später fragte er mich, ob ich ihm meine Kamera am nächsten Tag mal für einen Tauchgang leihen könnte. Er kenne die ja gut und könne damit umgehen. Na, was glaubst, was ich dem erzählt habe? So ein Spinner!"

Klaas schüttelte den Kopf und ging in die Kajüte, um nun seinerseits den Film zu wechseln.

Während das Boot noch auf Tobia Arba zulief, dem zweiten Tauchplatz des Tages, sah Dave Andi und Rosi vorne am Bug des Bootes leise miteinander reden. Das kam in der Truppe über kreuz und quer häufig vor, und deshalb dachte er sich nichts dabei.

„Bist du dir sicher, daß das klappt?"

„Ganz sicher. Wenn ich am Abend vorher die richtige Mischung hinkriege, dauert es keine zehn Minuten, ohne daß man vom Geschmack der Luft vorher kotzen muß. Und wenn es länger dauert .. wir haben über eine halbe Stunde Tauchzeit. Keiner kriegt was mit."

„Weißt du genau, daß du das Geld auch bekommst?"

„Ich hab mich erkundigt. Als Ehemann ist das kein Problem. Schatz, 5 Millionen! Und sie hat den Gewinnschein nie gesehen und hat keine Ahnung. Niemand weiß etwas davon."

„Findest du die kleine Flasche? Ist ganz unten im Koffer, ganz unten hinten."

„Die hole ich heute abend und packe sie in meine Tarierweste. Die ist so klein, das wird niemand bemerken. Du glaubst gar nicht, was einige beim Tauchen so an Zeugs mitschleppen."

„Hoffentlich geht das gut. Ich habe ein bißchen Angst."

„Beruhige dich, ich mach das schon. Und laß dir weiterhin nichts anmerken, wie bisher. Dann kann nichts schiefgehen. Jetzt geh wieder zu Ralph, sonst fällt das auf."

Andi hatte sich aus gegebenem Anlaß intensiv mit Tauchphysik- und -technik befaßt. Er war zwar ein erfahrener Taucher und wußte das wesentliche darüber, wollte aber mit dem, was er geplant hatte absolut sichergehen. Von Uschi auf seine vermehrte spezielle Lektüre angesprochen, schützte er vor, sich auf den Urlaub vorzubereiten.

2. Tauchgang Tobia Arba
Die 5 Türme

Ein faszinierendes Riff: sieben Korallenblocks, der größte mit ca 15 Metern Durchmesser, ragten dicht nebeneinander wie Wachttürme vom Grund bis nahe an die Wasseroberfläche ca 25 Meter in die Höhe auf, dicht bewachsen und wimmelnd von Fischen jeglicher Art und Farbe. Es wurde ein faszinierender Tauchgang.

Dave entdeckte eine Muräne, die sich aus einem Riffloch hinausschlängelte, um dann in ein anderes hineinzukriechen; eine dunkelbraune, wirklich große. Muränen rühren sich normalerweise tagsüber nicht aus ihrem Versteck. Sie liegen einfach nur in ihrer Höhle, Ellenbogen auf der Fensterbank, atmen und versuchen ungefährlich auszusehen. Diese jedoch hatte nachts wohl nicht genug Beute gemacht und mußte nun eine Tagesschicht einschieben. Er wartete. Kurz darauf erschien sie in einem anderen Loch, schlüpfte dort wieder heraus und verschwand kopfüber im nächsten. Sie stöberte. Dann kam ihr gewaltiger Kopf in einem der oberen Rifflöcher wieder zum Vorschein. Hier verharrte sie und schien bleiben zu wollen.

‚Das muß die Großmutter von Nessie sein', dachte Dave.

Er drehte ab. Da wurde es plötzlich dunkel. Dave sah nach oben. Etwa fünf Meter über ihm nahm er einen gewaltigen Schatten wahr, der wie ein fliegender Teppich über ihn hinwegschwebte. Die Muräne hatte wieder abgelegt und zog ins Freiwasser davon.

Dave mußte mehrmals schlucken. Dieses Exemplar war das größte, das er je gesehen hatte: mindestens 3,50 Meter lang und fast einen Meter breit.

Wenn Muränen auf Jagd sind, über Grund oder im Riff schwimmen, so bewegen sie sich wie jedes andere Tier, wie zum Beispiel auch eine Schlange, in vertikaler, das heißt aufrechter Position. Im Freiwasser dagegen legen sie sich häufig auf die Seite, schwimmen also horizontal. Das ermöglicht ihnen ausladendere Bewegungen und ein schnelleres Fortkommen.

Kurz vor dem Auftauchen begegnete ihnen eine zweite Gruppe von etwa 10-15 Tauchern. Eine solche Menschenanhäufung unter Wasser wurde bei ihnen nur verächtlich als „Rudeltauchen" disqualifiziert. Sie kümmerten sich nicht weiter darum, als Hajo Dave plötzlich anstieß und ihn auf einige von ihnen aufmerksam machte, die sich aus dem Rudel gelöst hatten: ‚Schau doch mal!'. Tatsächlich waren drei oder vier Taucher damit beschäftigt, mit ihren Taucherlampen und Schnorcheln einen Kugelfisch herumzuschubsen. Offensichtlich wollten sie ihn dazu bringen sich aufzublasen. Es gelang nicht. Bis sie dort waren, war das Tier bereits mit hektischen Flossenschlägen geflohen. Die Taucher hatten Glück, denn Daves Faust war sich bereits zum Argumentieren geballt. Sie sagten nichts, was ja auch unter Wasser nicht möglich war, aber einen Vogel zu zeigen war das mindeste. Hajo wußte, daß nicht wenige Tauchguides, also Angestellte von Basen, so etwas kommentarlos hinnahmen und geflissentlich übersahen

Kugelfische, oder auch Igelfische, haben die Fähigkeit, soviel Wasser in sich hineinzupumpen, daß sie kugelrund wie ein Fußball werden und die Stacheln, die normalerweise am Körper anliegen, sich wie bei einem Igel nach allen Seiten aufrichten. Diese „Verwandlung" vollzieht sich nur bei einer drohenden Gefahr und imponiert sicherlich so manchem Freßfeind. Sie können das jedoch nur drei- bis viermal in ihrem Leben. ‚Ob diese Idioten das wissen oder nicht, was für ein gemeines Volk. Bei dieser Respektlosigkeit vor der Natur können das nur Franzosen sein'. dachte Dave.

Über ihnen, knapp unter der Oberfläche, zog ein großer Schwarm junger Barracudas vorbei. Na ja, Jungfische, keinen halben Meter lang, aber eben Halbwüchsige, bei denen man nie wußte, was sie als nächstes aushecken. Begann so ein Schwarm zu kreisen, war es ratsam, sich allmählich zurrückzuziehen. Wenn man mittendrin wäre, hätte man sehr schlechte Karten. Große einzelne Barrakudas dagegen würden Taucher nicht angehen; sie sind ihnen ganz einfach zu groß. Barracudas haben zwar alles andere als dieses hübsche Lächeln des Babys auf der Brandt-Zwiebackpackung, aber sie stehen nur im Wasser, und manchmal schlafen sie am hellichten Tag. Das hatte er auf Curacao schon erlebt. Als er einem zu nahe kam, startete der seinen Turbo, und von Null auf Hundert in drei Sekunden war er weg. Als er wie ein Torpedo an ihm vorüberzischte, glaubte er ein verärgertes Fauchen zu hören, wie von einer Katze, die aus ihrem Lieblingssessel vertrieben wurde. Auch dieser Barracuda suchte sich dann nur eine andere Sofaecke.

Zurück an Bord, sahen sie das andere Boot, das ein Stück weit vor dem ihren festgemacht hatte.

****

Exkurs – Bootsleitern

Er gibt Bootsleitern, deren Stange sich in der Mitte befindet und deren Sprossen nach außen frei sind. Sie sind speziell geeignet für das Aussteigen aus dem Wasser mit den Flossen an den Füßen und kommen bei gefährlichen Tauchgängen, bei großem Seegang oder anderen Unannehmlichkeiten zum Einsatz, wenn das Abstreifen der Flossen und die Gefahr, dann ohne „Heckantrieb" vom Boot weggetrieben zu werden, zu groß ist. Ansonsten sieht man sie äußerst selten.

****

Da hörten sie Gerds Stimme vom Oberdeck.

„He, Leute, kommt her. Das müßt ihr sehen."

Sie kletterten hinauf, und dann hatten sie Kino, frei Haus und in der ersten Reihe.

Das Rudel war aufgetaucht. Wie vor einer Attraktion auf dem Jahrmarkt stand die Clique an der Brüstung und schaute wie gebannt auf das muntere Treiben, das sich vor ihnen im Wasser bot. Nachdem einige Wortfetzen zu ihnen heraufgedrungen waren, grinste Gerd:

Na klar, Franzosen!"

Die Bootsleiter war eine normale Leiter, völlig ungeeignet, mit Tauchflossen hinaufzusteigen. Und sie taten es trotzdem. Gleich der erste Akrobat gab noch eine Sondereinlage. Nachdem er sich langsam und mühsam an Bord gehangelt hatte, was einfach urkomisch aussah, weil er seine Beine immer weit ausschwingen mußte, um die Flossen in die Leiter zu fädeln, drehte er sich um, setzte sich ans obere Ende der Leiter und zog in aller Ruhe seine Flossen aus. Die anderen im Wasser mußten warten, da sie an ihm nicht vorbeigekommen wären. Nachdem er fertig war, stand er endlich auf. Die übrigen folgten, und das Kasperletheater wiederholte sich noch und nöcher. Sie machten aus ihrer Häme kein Geheimnis und feuerten die Akteure sogar an. Es dauerte tatsächlich beinahe eine halbe Stunde, bis alle an Bord waren. Die Clique hatte ihren Spaß; bei einigen reichte das breite Grinsen von Mekka bis Medina, und die Franzosen waren die Komiker.

Die gerade miterlebte Tierquälerei unter Wasser war die eine Sache, Klaas Erzählung dann eine weitere.

„In Hurghada habe ich vor einigen Jahren mal was gesehen, das erinnert mich an das, was Hajo gerade erzählt hat. Die Bootsbesatzung hatte einen Kugelfisch, oder Igelfisch, wie auch immer, aus dem Wasser gezogen. Sie angeln oft, wenn die Taucher unten sind. Sie zogen ihn an Bord und begannen mit ihm berumzuspielen, ihn sich zuzuwerfen. In Panik blies sich das Tier auf. Sie lachten und hatten noch mehr Spaß. Nun hat, wie schon gesagt, so ein Tier nur drei oder viermal die Möglichkeit, diese Abwehr zu benutzen, aber dann ist er im Wasser. Wenn er sich notgedrungen mit Luft aufbläst, hat er kaum eine Chance, seine Füllung wieder loszuwerden. Die Bootsleute warfen ihn zum Schluß wieder ins Meer, wo er zunächst wie ein Gummiball an der Oberfläche auf und ab hüpfte, nur bemüht unterzutauchen und zu verschwinden. Es dauerte eine ganze Weile, dann schaffte er es schließlich. Ihr glaubt nicht, wie schön das diesmal war zu sehen, wenn jemandem die Luft ausgeht."

Malte erklärte, was häufig ein großes Problem mit zu großen Gruppen sei. Auf den Malediven war er bei einem Tauchgang am Vadoo-Kanal, der Meeresenge zwischen dem Nord- und dem Südatoll, zusammen mit zwei anderen vom Kapitän schlichtweg im Wasser vergessen worden. Es war ein Strömungstauchgang gewesen, und so tauchten nicht alle gleichzeitig auf: dieser Kanal hat bekanntermaßen einen mächtigen Zug. Ebenso war bekannt, daß die Gruppen sich deshalb schwer taten zusammenzubleiben. Der Kapitän hatte die an Bord kommenden Taucher durchgezählt, sich verrechnet und war losgefahren. Als die drei auftauchten, waren weder Boot noch Land in Sicht. So verbrachten sie fast 5 Stunden in der größten Mittagshitze im Freiwasser. Mit den Haien hatten sie großes Glück, aber die Sonne und das Salzwasser machten in dieser Zeit aus ihren Gesichtern Trümmerlandschaften. Zurück an Land, bemerkte der Kapitän seinen Irrtum, weil 3 Tauchertaschen zurückgeblieben waren, als die anderen von Bord gingen. Sofort legten mehrere Boote ab, denn bei einem Strömungstauchgang gerade am Vadoo-Kanal war das abzusuchende Gebiet beträchtlich größer. Sie wurden schließlich gefunden und zurückgebracht. Auf der Basis erkundigte sich Malte nach dem Verbleib des Kapitäns. Man sagte es ihm. Als er ihn antraf, ging er ohne ein Wort zu verlieren auf ihn los. Seine rechte Faust als Beschwerdeführer und die Linke als Vollstrecker fanden beide ihr Ziel. Er hatte danach keinerlei Ärger wegen dieser Tätlichkeit. Die gesamte Basis wußte Bescheid, und jeder verstand es. Die meisten grinsten beifällig, und einige applaudierten sogar. Dieser Kapitän war seinen Job los.

Diese „Badewannenkapitäne" sind weder Götter oder Halbgötter, die meisten Einheimische und wenig gebildet. Viele können nicht schreiben oder rechnen, und einige, wie immer wieder festzustellen war, nicht einmal steuern. Es ist nur der gediegene Titel „Kapitän", der sie vor allem bei ihren Landsleuten in einen Olymp erhebt, in dem sie nichts zu suchen haben.

Zudem ist es für einen Guide nahezu unmöglich, bei einer Gruppe von mehr als 8 Tauchern alle im Auge zu behalten, und auf Disziplin bei jedem kann man sich bei dem ständig wechselnden Klientel nicht verlassen. Bei schlechter Sicht wird das Problem um ein Vielfaches schwieriger.

****

Zwischenbemerkung des Verfassers zum Kapitänsdasein
Mein alter Freund und Klassenkamerad, nenne wir ihn einmal Rüdiger, war schon als Jugendlicher begeistert von der Seefahrt. Einmal nach den Sommerferien, als alle erzählten, ob und wo sie Urlaub gemacht hatten, verkündete Rüdiger, er sei in New York gewesen. Als ihm zunächst niemand glaubte, zeigte er uns sein Visum. Er hatte sich bei einer Hamburger Reederei als Matrose beworben und dann als Schiffsjunge auf einem großen Frachter die Fahrt tatsächlich in die USA gefahren. Später machte er sein Kapitänspatent, doch auch er war für diesen Beruf nicht geboren. Er steuerte seinen Frachter in eine Unbtiefe, setzte ihn auf Grund und war raus.

****

„Und Haie, Malte? Was war mit den Haien? Es gibt da doch jede Menge."

Malte wurde einen Moment lang nachdenklich.

„Sitze ich hier vor euch? Es kamen keine. Wir hatten ganz einfach Glück. Die waren ganz woanders oder mal richtig satt, was selten vorkommt, denn sie streifen ständig umher, Fressen können sie ohne Ende, und sie schnappen nach allem, was ihnen vor das Maul kommt. Da ist dann auch mal ein Autonummernschild dabei. 400 Millionen Jahre Übung machen einen schon fit für's Überleben, auch was ihre robusten Mägen betrifft. Aber, mit den Haien verhält sich das so. Das ganze Gerede über diese menschenfressenden Killermaschinen ist Schwachsinn. Wenn jemals ein Image gründlich zerstört worden ist, dann war es das der Haie durch diesen Film „Der weiße Hai". Und da folgten noch zahllose andere, ebenso hirnrissige. Das ist ungefähr so, als würdest du… ääh… als würdest du jedem Wolf andichten, er sei ein Werwolf. Durch diese Filme werden Haie nur noch als Ungeheuer wahrgenommen. Diese Filme sind billigster Horror-Fantasy-Mist."

„Haibrut, warte noch ein Weilchen,
dann kommt Papa mit den Einzelteilchen."

Ditsche mal wieder! Aber Malte ließ sich nicht beirren.

Er hub tatsächlich an zu politisieren.

„Es verhält sich so wie mit den nordamerikanischen Indianern und der Eroberung des Kontinents.

„Das sind keine menschlichen Wesen, sondern Bestien, die uns nicht hierhaben wollen. Also Feinde, die es auszutilgen gilt. Das ist unser gottgegebenes Recht und unsere allerheiligste Pflicht, uns die Erde untertan zu machen."

Tine stöhnte.

„Malteee! Laß gut sein. Wir haben Urlaub, und ich krieg gleich Kopfschmerzen."

Doch Malte war nicht zu stoppen.

„In diesem Element sind wir ungebetene Gäste, Fremde, und wenn wir uns nicht benehmen, weil wir deren Verhaltensregeln noch viel zu wenig kennen, gibt's was auf's Maul."

„Genug", krähte Ditsche aus seiner Ecke, „Ich will jetzt nur'n Maoam."
„Maoam, Maoam", murmelte Hajo schläfrig und schaffte es gerade noch, eine geballte Faust hochzurecken.

„In der Serengeti tritt ja auch niemand an einen Löwen heran und klopft ihm auf die Schulter: ‚Kannst du dich für ein Foto bitte mal umdrehen?' Ein Nashorn darfst du nicht einmal aus 50 Metern Entfernung zu scharf ansehen. Das rast dann mit etwa 60 km/h auf dich zu und rennt dich einfach über den Haufen. Selbst Flußpferde, ja, Flußpferde, die sind an Land schneller als ein Mensch. Im Wasser erledigen sie ohne Mühe kleinere Boote mit einem einzigen Biß. Und das ist nur reines „Geh-mir-aus-der-Sonne"-Verhalten. Von Krokodilen will ich erst gar nicht anfangen. Die haben einfach immer nur Hunger. Ranlassen tun sie dich schon, aber nur bis Bißweite. Und dann sind sie schneller als du gucken kannst. Bären haben übrigens eine ähnliche Sicherheitszone wie Haie, die man nicht betreten darf. Komm einem Bären zu nah, und es wird eng für dich. Das ist bei Haien genau so. Uahh, wo soll ich da aufhören…"
Er schwieg und überlegte einen Moment lang.

„Eins noch…Man sollte sie so sehen wie sie sind: die bestausgestattetsten Jäger auf dem Planeten. Es sind Raubtiere, aber aus Notwendigkeit und nicht zum Vergnügen, so wie der Mensch, und sie jagen und töten in ihrem Element, wo ein Mensch so gut wie keine Chance hat. Jedes Jahr werden Millionen Haie getötet. Sie landen als Beifang in den Netzen und werden dann tot als lästiger Ballast zurück ins Meer geworfen. In Asien fängt man sie gezielt und entsorgt sie lebendig wieder ins Wasser, nachdem man ihnen zuvor die Flossen abgeschnitten hat. Ein Hai muß ständig schwimmen, da er keine Schwimmblase hat. Er legt sich nur zum Ausruhen auf den Grund. Wenn das ungewollt geschieht, verendet er elendig. Da wirkt das Dagegenhalten von zehn Haiunfällen pro Jahr, von denen höchstens einer tödlich endet, ziemlich pinkelig und banal.
Es gibt aber doch ein paar Möglichkeiten, wenn dir ein Hai komisch kommen sollte. Zum einen haben sie ihr Revier und ihre Sicherheitszone, und wenn du dich selbst einem nähern willst, dann halte mindestens zehn bis zwölf Meter Abstand. Wenn du das versäumst, merkst du gleich, was dann passieren wird. Der Hai „buckelt", macht also den Rücken krumm, wie eine Katze vor dem Sprung. Er läßt die die Brustflossen hängen und ist zum Angriff bereit. Das ist keine Blutgier, sondern reines Abwehrverhalten. Er fühlt sich bedroht und will sich wehren.

Meist reicht es, sich zurückzuziehen. Wenn das Tier aber einfach nur Hunger hat, hast du kaum eine Chance. Oft reicht es, ihm kräftig auf die Nase zu schlagen, wenn er bei dir ist. Das mögen sie überhaupt nicht, weil das ihre empfindlichste Körperstelle ist. Sehen können sie in dem Augenblick nichts, da sie ihre Augen zu deren Schutz schließen, bevor sie zubeißen. Es gibt viele Berichte, wo sie dann abgelassen haben und abgedreht sind. Bei Hans Hass hat das mit einem Stock oder dem umgekehrten Jagdspeer immer funktioniert. Falls du ihnen zu nahe kommst, während sie beim Fressen sind und du denkst, daß sie ja zu tun haben, bist du alles andere als sicher. Sie befinden sich dann im Freßrausch, und du bist in diesem Monent kein Feind, sondern nur ein anderer Fisch, in den man reinbeißen kann. In diesem Zustand sind ihnen auch kräftige Nasenstüber völlig gleichgültig. Manche Schwimmer oder Taucher glauben einfach schnell wegschwimmen zu können. Mehr falsch geht nicht. Die entwickeln bei der Jagd ungeheure Geschwindigheiten. Wenn du gerade mal ein 50-Meter-Schwimmbecken durchquert hast, sind die schon in Australien. Keine Chance. Auch dein Tauchermesser kannst du vergessen. Das juckt sie nicht. Du kommst nichtmal durch die Haut. Und wenn dich dann einer vielleicht quer zwischen seinen Zähnen wegtragen will, gibt es nur noch ein letztes Mittel: greif nach oben, finde sein Auge und drück deinen Daumen hinein. Das hat ein Australier einmal mit Erfolg gemacht, und das ist deine einzige Chance. Der sah aber trotzdem nicht mehr gut aus. Na ja, erstmal die Stelle finden. Der hat's geschafft."
Malte grinste und fügte sarkastisch hinzu:
„Aber cool mußt du da schon sein. Sonst kriegst du nichts davon hin, und dann ist Dunkeltuten."
Er hatte aber doch noch eine letzte Geschichte auf Lager.
„ich hab noch was anderes erlebt, das muß ich euch noch erzählen, aber diesmal mit Fisch dabei.
Wir waren auf Tauchsafari und hatten an diesem Tag gerade unseren ersten Tauchgang beendet. Es war wunderschönes Wetter, das Wasser war kristallklar und glatt wie ein Spiegel. Als wir wieder an Bord waren, rief plötzlich jemand:
„Ein Hai!"
So nahe hatten alle diese Tiere noch nie gesehen. Er schwamm dicht unter der Wasseroberfläche, kam bis nahe ans Boot heran und umrundete es im Abstand von etwa zehn Metern ein- oder zweimal. Ein im-

posantes Exemplar Weißspitzenhochseehai von fast vier Metern Länge. Eine Frau aus unserer Tauchgruppe, die gewöhnlich vor dem Tauchgang ihren Neoprenanzug im Wasser überstreifte, weil das weitaus bequemer war, schrie: „Da geh ich nie mehr rein!" Sie ging zwar danach mit uns Tauchen, weil sie sich in der Gruppe sicher fühlte, aber ihren Anzug zog sie, zumindest bis zum Ende dieser Tour, nur noch an Bord an.

Nicht so Elke, eine Freundin von mir. Dies war nämlich ihr erstes „Hailight". Maske und Kamera greifen waren eins. Bevor wir sie zurückhalten konnten, war sie im Wasser, schwamm auf das Tier zu und ging bis auf fünf bis sechs Meter heran, wie wir äußerst nervös von Bord aus in dem kristallklaren Wasser beobachten konnten. Zum Glück benutzte sie keinen Blitz. Der Hai nahm nicht einmal Notiz von ihr.

Wir machten ihr wegen ihres Leichtsinns Vorhaltungen. Sie schaute erstaunt: „Wieso gefährlich? Der mußte doch satt sein, so viel Fisch, wie da vor seinem Maul schwamm."

Was sie in ihrer Aufregung nicht bedacht hatte: die Begleiter waren Pilotfische, zu erkennen an ihrer schwarzweiß gestreiften Haut, die viele der großen Schwimmer wie Mantas, Wale und eben Haie ständig begleiten und die von den Krumen leben, die hier beim Fressen immer vom Tisch fallen. Selbst attackiert und gefressen werden sie eigentlich nie, höchstens aus Versehen. Die auffällige Zeichnung signalisiert wohl, daß sie entweder nicht sonderlich gut schmecken oder für die Zahnhygiene zuständig und somit für den Räuber tabu sind. Das, Leute, war eine ganz heikle Kiste. Dieser Hochseehai war eine ganz andere Nummer als die viel kleineren Riffhaie, die meist schon verschwunden sind, bevor man sie sieht."

„He Leute, wißt ihr noch, bei Silvia in Nuweiba?"
Ditsche wandte sich an Gerd, der die Geschichte nicht kannte.
„Silvia und ihr Mann… komisch, seinen Namen weiß ich bis heute nicht… hatten in Nuweiba eine Basis aufgebaut. Das ist so zwei Stunden nördlich von Dahab auf dem Sinai am Golf von Akaba. Schöne Anlage; sie vermieteten selbst sehr günstig Hütten am Strand, und ein großes Hotel war gleich nebenan. Es lief gut. Silvia also erzählte uns, daß ein Araber, der selbst Basisleiter war, ihre Basis kaufen wollte. Er war ziemlich bestimmt und machte von Anfang an viel Druck. Die beiden lehnten ebenso bestimmt ab. Etwa nach einer Woche litt ihr Mann

plötzlich unter einer mysteriösen Krankheit und erblindete im Laufe der nächsten Tage vollkommen. Silvia war sich absolut sicher, daß er vergiftet wurde."

Ditsche schüttelte sich und fuhr fort.

„Das klingt schon sehr nach dem alten Ägypten, und so richtig überzeugen konnte sie niemanden. Alle waren sich ziemlich einig, daß das eher ein sehr böser Dekounfall gewesen war. Doch keiner sagte etwas. Silvia hatte es sicher auch so schwer genug in dieser Männerwelt, und ein Basisleiter mit Dekounfall ist kein gutes Aushängeschild.

„Leute, glaubt ihr, daß es in Taucherkreisen so etwas wie Mord gibt? Vielleicht sogar unter Wasser?"

Andi zuckte bei diesen Worten zusammen, doch niemand bemerkte es.

„Nu, sowas ähnliches jedenfalls kenne ich", ließ sich Klaas vernehmen.

„Das war zumindest nahe dran. In Diani Beach südlich von Mombasa betrieb mein damaliger Ausbilder Kurt mit einem Geschäftspartner drei oder 4 Tauchbasen, eine Surfschule und ein Taucherhotel. Die beiden kamen aus Österreich, waren befeundet und sind zusammen nach Kenia gegangen. Mit ,waren' meine ich, daß sie seit einiger Zeit heftigen Streit miteinander hatten, wie Kurt mir abends einmal erzählte. Es ging um ziemlich viel Geld, das Kurt von seinem Partner noch zu bekommen hatte, wobei der aber immer wieder Ausflüchte hatte, statt es rauszurücken. Wir saßen in Kurts Wohnung, als er plötzlich aufstand und sagte, es reiche ihm jetzt. Er steckte sein Messer ein, leerte einen Aktenkoffer und klemmte ihn sich unter den Arm. Seine Freundin hat ihn mit großen Augen angesehen. Kurt meinte, er sei in einer Stunde wieder da, und zog los. Nu, Kurt war ein Feuerkopf. Er hatte den schwarzen Gürtel in Judo und in Karate und eigentlich keine ernstzunehmenden Gegner. Und konsequent sein konnte er auch.

Er war tatsächlich etwa eine Stunde später zurück, legte das immer noch saubere Messer ins Regal zurück und stellte den vollen Aktenkoffer auf den Tisch.

„Akuna matata", grinste er.

Erzählt hat er nur, daß er das Messer nicht gebraucht habe.

Ouha! Das war ziemlich knapp, kann ich nur sagen."

Die anderen schauten eine ganze Weile ziemlich nachdenklich drein, bis der Anleger in Sicht kam.

****

Exkurs – Leben
Wer darf wen töten – und wie – und warum

Jacques Cousteau machte mit seinen spektakulären und spannenden, aber sämtlich gestellten Unterwasserfilmen das Tauchen in Frankreich populär. Das Harpunieren wurde am französischen Mittelmeer zum Volkssport. Man schoß die Fische, ermittelte den Sieger nach Größe und Gewicht der Beute und warf sie wieder ins Meer. Als ihm der Österreicher Hans Hass, im deutschsprachigen Raum ebenso populär wie Jacques Cousteau in Frankreich, nahelegte, gegen die Unfairness dieser Form der Unterwasserjagd doch einmal die Stimme zu erheben, antwortete Cousteau nicht einmal. Hass vertrat die Überzeugung, daß höchstens eine Jagd mit dem Speer einigermaßen fair sei, und daß man Fische nur töten dürfe, wen man sie auch essen wolle. Außerdem kritisierte er Cousteaus Unterwasserfilme, die seinem Eindruck nach von einer künstlich erzeugten, dramatisch hochstilisierten Spannung lebten. Die Szenen in Hass' Filmen waren zwar auch inszeniert, aber bei weitem nicht so spektakulär aufgeblasen.
Die beiden wurden ihr Leben lang keine Freunde.

****

Heute war offensichtlich „Kinotag".
Schon in Safaga angelandet, beobachteten sie den Kapitän eines anderen Tauchbootes beim Einparken. Kintopp a la Hollywood pur und live. Der Eindruck der Gruppe von diesen stolzen Steuerkünstlern war Konsens: sie waren sämtlich von Allah zu Herren der See und des Ruders berufen, und die wenigstens hatten eine Ausbildung genossen oder sich einer Prüfung unterziehen müssen. So ein 12-15-Meter-Tauchboot zu steuern ist ja auch nicht so ganz schwer. Für manche aber schon. In diesem

Falle brauchte der Rudergänger drei Anläufe, um sein Boot wie erforderlich rückwärts in die Parklücke zwischen zwei andere zu steuern und es dann trotzdem brutalst auf den Kai krachen zu lassen. Zum Glück brach es nicht auseinander. Das geht bei diesen Booten ziemlich schnell. Sie sind nicht holznagelverdübelt und ordentlich kalfatert, sondern mit 12-zölligen Metallnägeln eiligst vernagelt; die mehr und mehr boomende Touristikbranche hatte eine Aufrüstungsexplosion nötig, da mußte es schnell gehen. Malte hatte so ein Boot, aufgebockt am Strand, weil es bei einigem Wellengang leckgeworden war, aus den Rüsten fallen sehen. Danach lagen die Planken und Spanten einzeln und orientierungslos auf dem Sand verstreut.

Den Slapstick am Anleger nahmen sie noch gern mit.

Auf dem Rückweg vom Boot zur Basis gab Gerd noch eine weitere Geschichte zum Besten.

„Wir hatten Ende März, Anfang April in diesem Jahr ein Pärchen hier, gute Taucher übrigens. Das Wetter machte noch nicht so mit, auch mal Regen, draußen und unter Wasser war es ziemlich frisch, eigentlich saukalt, und sie hatten nur 3-Millimeter-Neoprenanzüge dabei. Das brachte sie schon nach dem dritten Tauchgang nach 20 Minuten aus dem Wasser. Das wars aber nicht.

Wir fuhren zum Außenriff am nördlichen Ende der Bucht. Es war windig, es war ziemlich kabbelige See und es pfiff ganz schön. Der Kapitän traute sich deshalb nich allzu nahe ans Riff heran und ließ uns in etwas weiterer Entfernung von der Riffkante ins Wasser gehen. Wir waren nur zu dritt, denn zu dieser Jahreszeit ist noch nicht allzuviel los. Der Kapitän hatte aber ein anderes Problem, von dem er mir nichts gesagt hatte, wie immer bei solchen Angelegenheiten, aus Furcht, seinen Job zu verlieren. Die Kupplung seines Bootes funktionierte nicht richtig, daß heißt, der Motor ließ sich im Leerlauf nicht von der Schiffsschraube trennen. Es ist ein ungeschriebenes, ehernes Gesetz, daß die Schraube zu stehen hat, wenn die Taucher ins Wasser gehen. Das konnte die arme Kupplung nicht regeln. Wahrscheinlich wußte der Kapitän das, hatte aber nichts gesagt. Sehen konnte man bei diesem Seegang nichts. Kurz nachdem wir ins Wasser gegangen, aber noch nicht abgetaucht waren, versetzte er das Boot, und ich sah, wie die beiden darunter gerieten. Die Schraube drehte sich noch, zwar langsam, aber noch genügend kräftig.

Elke geriet mit einem Arm hinein, und auch Haralds Flosse wurde in der Schraube verdreht. Sie konnte ihre Hand gerade noch herausziehen, fing sich aber eine böse Schmarre am Handgelenk ein, die sofort zu bluten begann. Ihre teure Taucheruhr war dann auch weg, wie sie später feststellte, und lag dann unten wohl auf 70-90 Metern. Keine Chance sie zu finden. Haralds Flosse sah danach auch nicht gut aus. Das war ein Ding. Das mal zur Zuverlässigkit von Tauchbootkapitänen."

Gerd hatte seine Geschichte noch nicht beendet, als sie an der Basis anlangten. Frank, der den Rest noch mitbekommen hatte, nickte nur und winkte müde ab.

Das war aber noch nicht alles zu diesem Thema.

„Vor zwei Jahren in Marsa Alam, wo ich mit Malte war", hub Klaas an, „hatte ein Kapitän nahezu die gleichen Schwierigkeiten – er konnte den Motor überhaupt nicht mehr vom Schraubengestänge abkuppeln. Zum Glück hörte und sah man das deutlich. Steuern ging auch nicht mehr so richtig. Beim Versuch, ein anderes Boot zu passieren, rauschte er voll hinein und riß ihm die komplette Bugreeling ab. Das war's dann mit dem Tauchgang. Der Guide meinte das dann aber noch kompensieren zu müssen und bot an, uns einen Kilometer vor der Basis ins Wasser zu setzen, sodaß wir dann am Riff entlang dorthin tauchen konnten. An sich keine schlechte Idee. Der Kapitän war aber so besorgt um sein Boot, das er nicht mehr im Griff hatte, daß er uns extrem weit vom Riff im Freiwasser absetzte, und vor allem, die beiden unerfahrendsten am weitesten draußen. Das hätte der Guide nie zulassen dürfen. Bis dann alle am Riff waren, war schon eine Menge Luft verbraucht. Was soll ich sagen… Bei den zwei Anfängern waren bereits nach halber Strecke die Flaschen leer, und wir mußten hoch. Als wir an der Riffkante auftauchten – das Hotel und die Basis waren in 500 Metern Entfernung gerade noch auszumachen – erwartete uns eine böse Überraschung: Das Riffdach war weit über 100 Meter breit, von etwa 20 Zentimeter Wasser bedeckt, und über Korallen muß ich euch nichts erzählen. Eine Stolperstrecke mit scharfkantigen Löchern, die man kaum sehen konnte, mehr Fußfallen als Korallen, und wir hatten nur unsere weichen Füßlinge ohne Sohlen und das ganze Gerödel auf dem Buckel. Wir waren bald bester Stimmung, und als wir endlich an Strand waren, kochte Malte vor Wut. Zum Glück hatte man uns nach ein paar Minuten Sandstapfen von der Basis aus gesehen, und ein Pick Up holte uns ab. An der Basis angekommen, machte sich Malte gleich auf die Suche nach dem Guide. Und, was glaubt ihr? Ein PADI-Tauchlehrer natürlich. Aber der hatte sich wohlweislich verkrümelt. Es wäre im nicht gut bekommen, wenn Malte ihn gefunden hätte.

Malte grinste.

„Der hat sich auch die restlichen Tage nicht mehr blicken lassen. Was der getan hat, war mehr als grob fahrlässig. Wir haben dann auf dem Rückflug eine Beschwerde an PADI verfaßt, die wir alle unterschrieben. Wie wir später hörten, wurde dieser TL dann versetzt. Ist aber auch nicht besser als das, was die Kirche als Strafmaßnahme für ihre pädophilen Priester verordnet.

Die Basis war für 80 Taucher ausgelegt und betrieb vier Boote. Es waren zu unserer Zeit mehr als 150 Gäste, und von den Booten waren drei nicht einsatzfähig. Wie sich herausstellte, hatte auch unseres, das vierte, einen gravierenden Defekt. Ein Chaos. Wir hatten Bootstauchgänge gebucht und waren dann erst nach fünf Tagen dran. Man mußte sich in eine Warteliste eintragen."

Klaas überlegte kurz.

„Oh oh, ein' hab ich noch", fuhr er fort, „meine Frau, die das ausschließlich aus Natursteinen gebaute Hotel unbedingt sehen wollte, war dieses Mal dabei. Sie stand unter der Dusche und hatte gerade ihre Haare eingeschäumt, als das Wasser ausfiel. Ich benachrichtigte den Manager, und der schickte einen Boy mit einem Eimer Wasser! Das hatte dieser aus dem Swimmingpool geschöpft, der noch nicht zu benutzen war und in der Mitte nur eine veralgte trübe Brühe hatte. Wie hätte Bundeskanzler Kohl formuliert? „Blühende Wasserlandschaften". Schon beim bloßen Hingucken verspürte man einen Würgereiz.

Und meine Frau war nicht die einzige. Könnt ihr euch einen dicken Ägypter vorstellen, der, nur mit Badetuch um die Hüfte und ansonsten komplett eingeseift, auf dem Balkon steht und seine Wut in Richtung Rezeption herausbrüllt?" Das Wasser war beileibe nicht das einzige, was da nicht funktionierte.

Und dann hieß das Hotel auch noch ‚Utopia'."

Ditsche legte nach.

„In Griechenland habe ich vor drei Jahren eine Tauchlehrerin kennengelernt, die leitete eine Basis auf Kreta unten an der Südküste. Das war ziemlich ungewöhnlich: eine Frau in dieser griechischen Macho-Männerwelt. Ich meine, Kneipen, Bars, Cafes, das lassen die Griechen ja durchgehen, und dann so ein Männerjob? Schon mutig. Aber sie war tough, und wie sie herumkommandieren konnte, da wußte man, daß sie das ohne Probleme packte. Nun, sie war Ausbilderin bei den Kampftauchern der griechischen Marine gewesen, und ihr machte so leicht keiner was vor. Die Basis befand sich an ihrem Heimatort, und ihr wurde dort allgemein größter Respekt entgegengebracht. Ihr Abendessen bekam sie in jedem Restaurant umsonst. Sie war freundlich und herzensgut, aber sie konnte auch anders, wenn es darauf ankam. Melina, so hieß sie, hat zwar auch mit PADI-Lizenz ausgebildet, aber PADI-Standard war das nicht, das könnt ihr mir glauben. Ich hab's erlebt, als sich einmal zwei große Kerle zum Tauchkurs anmeldeten: große Backe und allzeit in dem Wissen, wie man mit Muskeln protzen kann, aber ziemlich viel Hohlraum in den höheren Regionen. Sie kam mit ihnen nach dem ersten Freiwassertauchgang an Land, den einen links, den anderen rechts am Händchen führend. Das war wirklich ein Anblick: die kleine pummelige Melina, kaum halb so groß wie diese verschreckten, jetzt völlig hohlen Hirten neben ihr! Da war nichts mehr von Großspurigkeit übrig."

Er verhielt kurz.

„Ich weiß nicht. Eine PADI-Lizenz kann doch wohl jeder Tauchlehrer bekommen. Und damit kann man, wenn man verantwortungslos ist, offensichtlich eine Menge Geld machen. Doch wahrscheinlich bauen nur Amis so eine Scheiße.

Ich habe später bei einem Nachttauchgang in unserer Bucht den Guide gemacht. Melina hatte Giorgos zu Besuch, einen alten Tauchkumpel von der Kampftaucherausbildung, der natürlich abends mit dabei war. Der Tauchgang war problemlos, obwohl die Bucht schon tagsüber ganz schön verwinkelt daherkommt, und zurück am Strand sagte ich zu Giorgos: ‚Na, war doch ganz gut, oder?' Er sah mich ganz ernst an und bemerkte: ‚Ja, schon, aber meine Schuhe stehen dort drüben.' Das war zehn Meter weit entfernt. Auf meinen irritierten Blick hin lachte er plötzlich los und sagte, indem er mir beruhigend auf die Schulter klopfte: ‚He, kanina provlima. Ola endaxi. War nur ein Scherz. Das war wirklich in Ordnung.'"

Er schwieg versonnen.

„Sonst ist es ein schönes Tauchen in Griechenland, völlig entspannt, nur fischmäßig ist nicht viel los. Die einen Griechen, die Fischer, sind

Dynamit-Junkies, und die anderen Cousteau-verseucht und schießen auf alles. Die hauen dann den Rest weg. Zu der Zeit, als wir da unten waren, zeigte das Titelbild der führenden griechischen Taucherzeitschrift so einen Typen mit Harpune in Großformat. Und die Dynamitfischer? Einige gibts, die mit ein paar Fingern weniger rumlaufen, aber wenns nicht mehr anders geht, dann knoten sie ihre Angelleinen und Netze auch mit den Zähnen. Die griechische Küstenwache verfolgt sie, denn Dynamitfischen ist strengstens verboten. Nicht nur, daß die Beute mit geplatzten Schwimmblasen oben treibt und sie sie nur einzusammeln brauchen, sondern vor allem, weil der gesamte Jungfisch und auch die Brut in einigem Umkreis zerstört werden. Das ist ein wensentlicher Grund für den „Fischreichtum". Aber sie kriegen sie nur selten zu fassen, obwohl sie die Motoren ihrer Boote auf ultraleise getrimmt haben. Da biegt so ein 25-Meter-Küstenwachboot mit halber Fahrt in die Bucht ein, und man hört nur ein leises Blubbern.

Wenn du das nicht einmal unter Wasser erlebt hast, kannst du es kaum glauben. Selbst wenn die Detonation ein oder zwei Kilometer entfernt stattfindet – also direkt keine Gefahr besteht – hast du den Eindruck, als ob sie gleich neben deinem Kopf losgegangen wäre. Wasser trägt ja den Schall weitaus besser als Luft. Du hast das sichere Gefühl, daß sich deine 1. Stufe von deiner Flasche abgesprengt hat. Das ist nicht sehr komisch.

Mann, das Wasser ist kristallklar, bis zu 60 Metern Sicht, fast wie in den Alpenseen. Da war ich auch schon drin, da reicht die Sicht an guten Tagen manchmal bis zum anderen Ufer. Aber frag nicht nach dem dazu gehörigen Bibbern. Da bist du selbst mit deinem 7 mm-Neopren bald unter der Frostgrenze und sehnst dich nach einem Trockentauchanzug. Selbst ich, der die Dinger nicht mag."

****

50

Später, beim Sortieren und Auswaschen der Tauchgerätschaften an der Basis, stand plötzlich Frank am Spülbecken:

„He Leute, hört mal zu. Beim Auswaschen der Tauchklamotten, vor allem der Anzüge, bitte die Anzugpinkler ganz hinten anstellen, im Interesse der übrigen, die ihre Blase einigermaßen im Griff haben. Danke!"

Es wurde so gut wie nie angesprochen, wenn, dann nur als Scherz über eine Sache, die ja wohl weder einen selbst noch alle, die man kannte, betraf. Es war aber allgemeine Gewißheit, daß viele Taucher sich auf diese Weise beim Tauchgang Erleichterung und zusätzliche Wärme in ihren Anzügen verschafften und über die Rückstände und das Ekelgefühl der anderen ganz einfach nicht nachdachten.

Chis nahm eine seiner Flossen und zeigte sie Malte.

„Die sind ganz schön zerkratzt. Kann man da was machen?"

Malte schaute sich das Malheur mit gerunzelter Stirn an.

„Hast du schon bemerkt, daß du langsamer geworden bist und mehr Mühe beim Schwimmen hast? Na ja, erstmal sowieso, nicht so viel unter Wasser antatschen, dann passiert das nicht. Aber wegen dem hier, klar kann man da was machen. Es gibt ne Flossengleitpaste, die kriegst du in jedem Tauchshop und kostet nicht viel. Die mußt du ordentlich einarbeiten, dann sieht man das hier nicht mehr, und unter Wasser wirst du wieder ‚n ganzen Tick schneller, weil es keine Verwirbelungen mehr gibt."

„Ey, super, Malte."

Dave war bedankte sich und war zufrieden. Malte auch. Das Tauchküken war gut bedient. Klaas mischte sich ein.

„Laß doch den Quatsch, Malte." An Dave gewandt stichelte er: „Das ist Tauchen, Sport, und kein Schönheitswettbewerb oder Häkelkränzchen. Was glaubst du, was wir früher für Plünnen hatten. Mensch, ich habe schon getaucht, als du noch Windeln anhattest." Aber da kam er bei Dave an den Falschen. „Und ich werde noch tauchen, wenn du schon wieder Windeln brauchst." Gut gebrüllt, Babyhai!

Doch spätestens im Tauchshop würde Dave beim Gelächter des Verkäufers ein respektabler Kronleuchter aufgehen.

„Ach ja, und noch was", meldete sich Frank noch einmal,

„bevor ihr ins Hotel rübergeht, kommt bitte doch noch alle mal in die Basis. Ich muß euch noch über etwas wichtiges informieren."

Dann standen sie alle um den großen Tisch in der Mitte des Vorraums.

„Also, folgendes…

Seit Monaten tauchen hier auf den Basen, auf den Anlegern, in den Bars und Restaurants vor allem in Hurghada, aber auch sonstwo in dieser gesamten Küstenregion immer wieder Ägypter auf, die einzelne Taucher gezielt darauf ansprechen, ob sie nicht Lust auf ein besonderes und außerdem gut bezahltes Erlebnis hätten. Auf deutsch: sie wollen jemanden für einen Job engagieren, den sie nicht näher erklären: es handele sich um ein archäologisches Forschungsunternehmen.

Es verhält sich tatsächlich so...

Der Mann, der hinter dieser Sache steckt, heißt Abdul Faruq und ist ein stinkreicher ägyptischer Antiquitätenhändler. Seine Aktivitäten sind polizeibekannt; er gilt als moderner Grabräuber. Aus irgendwelchen dubiosen Quellen hat er Informationen über altägyptische archäologische Liegestätten im Roten Meer erhalten. Und nicht nur dort. Es wird angenommen, daß er auch den Assuan-Stausee im Focus hat, wo vor der Flutung mit Sicherheit nicht alle Begräbnisstätten evakuiert und manche übersehen worden waren. Faruq schickt immer seine Leute vor und tritt nie selbst in Erscheinung. Er weiß sich aus dieser Sache rauszuhalten, sodaß ihm nie bisher etwas nachgewiesen werden konnte. Einige dieser Aktivitäten wurden beobachtet und flogen auf. Die ganz Dummen waren dabei bisher immer die nichts ahnenden, harmlosen Taucher, die nur auf ein Abenteuer und ein bißchen mehr Taschengeld aus waren.

‚Ich bin angesprochen worden und fand das interessant.‘

‚Wer hat Sie angesprochen?‘

‚Ein ägyptischer Archäologe.‘

‚Wie hieß er?‘

‚Seinen Namen hatte er nicht genannt. Die Hälfte des Geldes habe ich gleich bekommen, nachdem ich zugesagt hatte.‘

So lief es dann immer!

Abgesehen davon sind archäologische Privatunternehmungen ohne ausdrückliche Genehmigung der Regierung strengstens verboten und ziehen horrende Strafen nach sich.

Also, Leute, paßt auf! Nicht nur, daß hier der ägyptische Staat um sein kulturelles Erbe gebracht wird. Das sind Tauchgänge, die gehen oft bis 100 Meter runter, und die Gesundheit der Taucher ist denen herzlich egal. Das ist dann die Nummer: ‚Für den Rückweg deponieren wir auf halber Strecke eine zweite Flasche.‘ Über die Gefährlichkeit solcher Aktionen muß ich euch wohl nichts sagen. Der Typ geht für seinen Profit über Leichen."

„Um wieviel Kohle geht es denn?", fragte Ralph.

„Die sie erwischt haben reden von 800 bis 10000 Dollar."

„Oha! Nicht schlecht."

„Laß stecken, Ralph. Das würde dann gerade so für deine Beerdigung reichen… wenn sie dich da unten überhaupt finden."

Nach dem Duschen trafen sie sich am Hoteleingang. Der Hunger hatte sich massiv gemeldet, und sie wollten das neue italienische Restaurant ausprobieren, das nur zehn Fußminuten entfernt war und von dem Hakim erzählt hatte. Kurz bevor sie losgingen, schaute Andi auf die Uhr und lächelte gequält:

„Leute, ich hab was wichtiges vergessen. Ich muß noch unbedingt eine Anfrage vom Schulsenat beantworten, weil ich das in Berlin nicht mehr geschafft hatte, und das braucht ein bißchen Ruhe und Fingerspitzengefühl. Sorry. Ich komme so schnell wie möglich nach", und bewegte sich zurück in Richtung Hotelzimmer. Er suchte es aber nicht auf, sondern ging durch den Hinterausgang des Hotels zur Basis hinüber, wohl wissend, daß Gerd und Frank zu dieser Zeit ebenfalls zum Essen in ihre Wohnungen gefahren waren und mindestens zwei Stunden fortbleiben würden. Der Kompressor lief auf vollen Touren.

Sie stand in der hintersten Reihe
unter ihresgleichen.
Sie wartete geduldig,
bis sie an der Reihe war.
2000 Liter Luft,
dann durfte sie
endlich wieder abtauchen

Andis Lehrgang im Flaschenfüllen macht sich jetzt bezahlt. Er drosselte den Kompressor, schloß die Ventile, koppelte die daran hängenden Flaschen ab und schloß diejenige seiner Frau an die Maschine an. Dann verband er mit einem Schlauchstück, dessen notwendige Länge er tags zuvor abgeschätzt, aus der Werkstatt der Basis entführt und im Kompressorraum deponiert hatte, den Frischluftansaugstutzen des Kompressors mit dem Auspuff des Benzinmotors und öffnete die Füllventile. Es paßte alles, konstatierte er nicht ohne Stolz auf seine handwerklichen Fähigkeiten.

Die Abluft des Kompressormotors war auf einigen Tauchbasen häufig ein Problem. Auf Kuba hatten er und zwei andere seiner Gruppe eben solche verpanschte Atemluft in ihren Flaschen. Sie wurden fast ohnmächtig, und ihnen war danach noch lange schlecht. Daß es lebensgefährlich war, wußten oder ahnten sie nicht. Es ging gerade noch gut. Auf Kreta war irgendwann einmal die Flaschenfüllung so hoch mit Abgasen gesättigt, daß der Tauchgang gleich zu Anfang abgebrochen werden mußte. Grund waren entweder schadhafte Dichtungen am Kompressor oder ein falsch, also zu nahe am Abgas angebrachter Schlauch für die Frischluftzufuhr. Was Andi ebenfalls nicht einkalkulieren konnte, war, daß die Flasche eventuell schon gefüllt war. Das Luftablassen hätte gedauert, da ansonsten bei zu schnellem Durchstrom die Ventile vereist wären und dichtgemacht hätten, und dann wäre mindestene eine Viertelstunde lang gar nichts mehr gegangen. Nicht schlimm, aber von schwer bestimmbarer Dauer. Das war ein heikler Punkt in seinen Planungen. Hier hätte er unter Umständen aufgeben müssen. Aber er hatte vorgesorgt, beim Abladen des Pick Ups seiner Frau zuvorkommend die Flasche abgenommen und in die hinterste Reihe der leeren Flaschen gestellt. Andi machte sich jetzt keine weiteren Sorgen; sein ganzer Plan war im Wortsinne „todsicher", und Plan B konnte in der Schulade bleiben.

Den Hochdruckschlauch und eine Mini-Preßluftflasche hatte er sich bereits zwei Wochen vorher besorgt. Kopfzerbrechen macht ihm zunächst eine ganze Weile, wie er das kleine Gerät durch die Flughafensicherheit bringen sollte, ohne daß die anderen es bemerkten. Doch dann fiel es ihm im Badezimmer angesichts der Kosmetikutensilien seiner Frau wie Schuppen... Klar, eine große Haarspraydose! Das paßte genau. Sie war aus Metall und verbarg den Inhalt beim Durchleuchten, und öffnen konnte man sie auch nicht, ohne sie zu ruinieren. Das Mundstück war abschraubbar, falls der Platz nicht gereicht hätte; notfalls hätte er es beim Zoll als Asthma-Inhalator deklariert. Beamte sind auch bloß Menschen und wissen nicht alles. Seine Freundin packte die Dose später zu ihren übrigen Toilettensachen und übernahm die Aufgabe des Transports. Frauen und Haarspray gehören zusammen wie Meer und Sand. Und dem Augenaufschlag einer hübschen zierlichen Frau kann nicht jeder widerstehen.

Andi traf eine knappe dreiviertel Stunde später ein.

„Verfluchter Beamtenbockmist. Das ist eine knifflige Materie. Aber nicht, daß ihr denkt, ich spinne. Hier geht es um meinen Job."

Die anderen nickten ihn ab, und die Sache war gegessen. Etwas später kam Dave mit seinem Vorschlag, doch am nächsten Abend einen Bummel durch Safaga Downtown zu machen. Er wollte sich nach Schmuck umsehen und sich rasieren und frisieren lassen, sozusagen eine Haupt-Rundumerneuerung. Auf die handwerkliche Kunst der orientalischen Barbiere schwor er Stein und Bein. Dave hatte das schon mehrere Male bei türkischen Friseuren erlebt und erzählte fasziniert davon:

„Selbst die Nasen- und Ohrenhaare brennen sie dir weg!"

Safaga war eine typische ägyptische Hafenstadt mit ca 15000 Einwohnern. Im Unterschied zum Tage, wo wegen der Hitze kaum ein Mensch auf den Straßen zu sehen war und nur einige der verwilderten Hunde träge nach etwas Freßbarem suchten, blühte dort abends das pralle Leben; Orient pur. Restaurants, Juweliere, Lebensmittelgeschäfte, von denen die meisten mit ihren Auslagen die Gehwege zustellten, sodaß man immer wieder auf die Straße ausweichen mußte, wo verschiedenste Fahrzeuge einigen Lärm machten, Souvenirläden, Shishabars und Cafes, und eben Barbiere. Die anderen wurden neugierig und ließen sich anstecken. Es wurde für den nächsten Abend geplant.

Dave hatte sich vor der Reise eingehend mit Ägypten beschäftigt und sich vorgenommen, unbedingt das Tal der Könige zu besuchen. Er begann sich für das Land zu begeistern. Arabisch verstand und sprach er aber dank der komplett ins Deutsche übersetzten Fachliteratur nicht ein Wort, und Nofretete, Tut-Anch-Amun, Hyroglyphen und andere Begriffe waren bei dei meisten Ägyptern nicht eben Teil ihres Wortschatzes. Also wozu arabisch lernen, war sein Standpunkt.

‚Nun, Tut-Anch-Amun kennen wohl schon einige, sicher auch Nofretete, aber die wahrscheinlich nur, weil der ehemals „legale" deutsche Kunstraub anläßlich der Rückforderung Ägyptens vor einiger Zeit weltweit durch die Medien ging, doch wer kennt schon Teje, die schwarze Königin des Oberen Nil, oder ihren Sohn Echnaton,' korrigierte er sich in Gedanken, ‚also das Tal der Könige wird jedenfalls spannend.'

Er schnitt das Thema kurz an. Klaas winkte ab.

„Da kann ich dir nur abraten. Soviel Wasser, wie du da brauchst, kannst du gar nicht tragen. 45 Grad, ab und an nahe 50, und nirgends Schatten. Das Tal ist wie ein großer Kochtopf, in dem man Hummer gart. Das Wasser verdampft dir beim Rübergießen auf dem Kopf, und diese unübersehbare Meute von Souvenirhändlern knotet dir dann auch noch die Schürsenkel zusammen und kaut dir ein Ohr ab. Das Wort ‚Souvenir‘ würdest du nach diesem Tag auf Jahre hinaus hassen.“
Aber Dave ließ sich nicht beirren.
Der Italiener war gut, vor allem der Wein und der magenschließende und zungenlösende Grappa zum Abschluß, und man hatte einen fröhlichen Abend. Ditsche, Hajo und Malte verließen die Runde etwas früher, sagten, sie hätten noch ihre allabendliche Besprechung mit Jim Beam.
Als die anderen wenig später im Hotel eintrafen und die Treppen hinaufstiegen, stockte ihnen der Atem, zumindest den Frauen. Im 3. Stock vor seinem Zimmer stand Ditsche auf seinen Händen im Treppenhaus und machte Gehversuche, angefeuert von Hajo und Malte, hinter ihnen an die Wand gelehnt der bereits hohlwangige und blasse Jim Beam. Dabei deklamierte er, bei jedem Schritt eine Silbe:

„Der Sägefisch, der wilde geile,
zerlegt den Fisch in Einzelteile.“

Das Treppenhaus war innen offen, und das Geländer sah nicht sehr stabil aus. Nun, Ditsche ging ziemlich schief, aber zum Glück sonst nichts. Mit der Bemerkung: „Ihr seid ja bekloppt“, verabschiedete sich Klaas in sein Zimmer.

****

Rosi war im Osten Deutschlands aufgewachsen und hatte, wie die anderen sagten, den typischen Ossiblick; sie war abschätzend und zurückhaltend in Gesprächen, so als müsse sie ihre Antworten und Reaktionen ständig vorher überprüfen. Es war jedoch nie ein persönlich gemeintes Mißtrauen den anderen gegenüber, sondern eine jahrelang antrainierte, lebensnotwendige Vorsicht angesichts der vielen, vielen verdeckten Ermittler – Informelle Mitarbeiter, wie sie genannt wurden – der DDR-Staatsmacht. Sie kannte genügend Beispiele, wo selbst Verwandte und enge Freunde in Diensten der „STASI" standen. Ihr sehnlichster Wunsch war es, jetzt nur noch zu „leben" und das erzwungenermaßen Versäumte nachzuholen.

Sie war schon eine Weile von Ralphs tapsiger Art, seiner ständigen und lautstarken Fröhlichkeit und ganz einfach von seinem biederen Wesen gelangweilt. Sie wollte und brauchte mehr und hatte begonnen, sich umzusehen. Weit mußte sie nicht schauen, denn auch Andi hatte diesen bestimmten suchenden Blick, den sie schnell wahrnahm. Er war ihr schon immer symphatisch gewesen, und das Feuer in seinen Augen und seine gesamte Art sagten ihr: Warum nicht?! Eine Frage, die die Antwort gleich mitlieferte. Das Heikle daran war, daß er verheiratet war.

Andi stammte aus einfachen Verhältnissen. Er hatte nette Eltern, die einige von ihnen kennengelernt hatten, seine Kindheit war friedlich und schön. Dann wurde im Alter von elf Jahren eine erblich bedingte Kleinwüchsigkeit diagnostiziert. Auch beide Eltern waren außergewöhnlich klein. Damit hatte er lange zu kämpfen. Aber er boxte sich durch. Er begann nach dem Abitur ein Lehrerstudium, das er äußerst zielstrebig absolvierte. Er war ehrgeizig und wußte genau, was er wollte. In seinen Beruf arbeitete er anfangs mit Leidenschaft und großem Enthusiasmus. Er mußte allerdings im Laufe seiner Berufsjahre erfahren, daß sein Status als Lehrer immer weniger Respekt und Anerkennung erfuhr. Statt dessen bürdete man ihm immer mehr Verantwortung auf, es gab immer mehr Vertretungsstunden, da die Personaldecke sich stetig ausdünnte, und immer weniger Rechte. Die Autorität des Lehrers bröckelte schon seit Jahren. Er begann zu kämpfen, wurde Vertrauenslehrer und setzte sich für Schule und Schüler ein. Doch die Gesellschaft hatte andere Ziele. Sie forderte fachlich eindimensionale, angepaßte und funktionierende Menschen und keine reifen, verantwortungsvollen Persönlichkeiten, etwas, was seinen idealistischen Ansprüchen diametral widersprach. Das alles wurde ihm zunehmend verwehrt und bewog ihn, sich mit Schule und Schulsenat vermehrt auseinanderzusetzen. Relativ spät registrierte er, daß er gegen Windmühlenflügel ankämpfte. Die Respektlosigkeit von Schülern und, frustrierenderweise, immer häufiger auch von Eltern, nahm erschreckend zu. Über kurz oder lang resignierte er und gab innerlich auf, wie so viele andere in seinem Beruf. Er war geschlagen, er war frustriert, aber seine Energie war ungebrochen. Er suchte nach Neuem.

Uschi war dann nach einer Weile für ihn nur noch ein Klotz am Bein. Sie teilte seine Intentionen nicht, sondern zog ein ruhiges Leben vor und ermutigte ihn immer wieder, doch die Stellung zu halten. Mit seinen daraus erwachsenen Problemen konnte oder wollte sie nicht umgehen, und seine teilweise sehr ausgefallenen Ideen begeisterten sie wenig und erschreckten sie manchmal. Schon seit längerer Zeit hatten sie sich voneinander entfernt. Seit er sein „Techtelmechtel" mit Rosi angefangen hatte, langweilte sie ihn nur noch.
Uschi war Isländerin und schon seit ihrer Kindheit in Deutschland. Ihren isländischen Vornamen Melkorka hatte sie schon früh abgelegt, weil sie des dauernden Nachfragens müde war. Ihr zweiter Vorname Selma war in Island üblich und in Deutschland ebenfalls gebräuchlich, klang aber neben den anderen deutschen Vornamen etwas zu altbacken. Sie hatte sich dann Uschi genannt. Der Klang dieses Namens hatte ihr einfach gefallen. Sie war eine freundliche, ruhige Frau, die nie zuviel redete. In ihrer Art schien sie zu Andi gut zu passen. Ihr gemeinsames Leben war in etwa so, was sie sich für sich vorgestellt hatte. Sie war zufrieden.

Dann kam aus heiterem Himmel der Glückstreffer in Gestalt eines Lottogewinns. Andi hatte den an Uschi gerichteten Brief mit der Benachrichtigung geöffnet.
„Herzlichen Glückwunsch von Ihrer Lottozentrale. Sie haben den Jackpot von 5 Millionen Euro gewonnen. Sie können Ihren Gewinn unter Vorlage Ihres Tippscheins und dieses Schreibens in unserer Geschäftsstelle in der Keithstr. 39 in Empfang nehmen."
Er hatte geschluckt und nur kurz nachgedacht. Die Idee war gleich da und mußte gar nicht erst reifen. Irgendwo fischte er sie aus einem Stapel ungelebter Träume heraus. Natürlich sagte er seiner Frau nichts von die-

sem Brief. Er wußte, wo sie den Tippschein aufbewahrte, nahm ihn an sich und versteckte ihn. Sie suchte einige Male.

„Wo habe ich denn bloß den Schein hingepackt? Das müßte doch schon durch sein, aber ich weiß die Zahlen nicht mehr."

„Na komm, der wird schon auftauchen. Und mach dir nicht schon wieder so große Hoffnungen. Das wird doch wie immer auch dieses Mal nichts."

Die vierzehn Tage vor dem Urlaub waren außerdem mit Vorbereitungen angefüllt, die sie fast allein tätigten mußte, da er einiges andere für diese Gelegenheit zu besorgen hatte und anderes vorbereiten mußte, als für Uschi letzlich gut sein würde. Plausible Ausrede für seine häufige Abwesenheit war seine Auseinandersetzung mit dem Schulsenat. Er organisierte und bereitete vor, was notwendig war, und er überzeugte auch seine neue Geliebte von dem sicheren Erfolg und der sich daraus ergebenden Perspektive für sie beide. Sein brutaler Entschluß tat ihm in keiner Weise leid und verursachte bei ihm nicht die geringsten Skrupel. Der Vorsatz einer „gröblichen" Trennung hatte augenblicklich nach Erhalt des Briefes spontan Gestalt angenommen, eine Idee, ein Plan, der seine neue Freundin nach erstem Zögern angesichts der immensen Aussichten, die sich ihnen eröffneten und ob seiner detaillierten und offensichtlich perfekten Vorbereitung faszinierte. Sie arbeiteten gemeinsam an der Ausarbeitung, waren äußerst vorsichtig, und ihre heimlichen Treffen zu zweit in Berlin wußten sie vor ihren Partnern gut zu verbergen. Da in der Clique sowieso alle ein Herz und eine Seele waren, fiel ihre plötzlich enger gewordene Beziehung zunächst nicht weiter auf.

-

3.

DRITTER TAG

1. Tauchgang – Panorama-Riff

An diesem Tag fungierte Frank als Bootsführer und Guide. Er hatte seine Freundin mitgebracht, ein nettes und fröhliches, aber auch ziemlich lautes Mädchen. Sie fuhren zum Panorama-Riff, einem Außenriff mit einer grandiosen Steilwand, knapp eine Stunde weit draußen. Heute sollte es also ein tieferer Tauchgang werden. Sie waren aufgeregter als sonst, denn „Runtergehen" war schon etwas Besonderes.

Ralph meldete sich.

„Ich hab da noch was."

Angesichts der langen Fahrt und eigentlich immer, wenn es ums Tauchen ging, waren sie für gute Geschichten jederzeit zu haben.

„In einer Basis auf Aruba, als wir gerade eincheckten, tauchte ein Typ auf (Ralph gluckste), ebenfalls vor seinem Tauchgang. Wir kamen ins Gespräch. Er war ziemlich aufgeregt.

‚Heute mache ich meinen ersten Tieftauchgang.'

‚Und wie weit geht's runter?'

‚Bis zu 18 Metern.'"

Ralph grinste breit.

„Leute, alles klar? Mann, das war ein PADI-Taucher. Die verkaufen den Leuten doch alles mögliche als lebenswichtige Wichtigkeit und sind wie alle Amifirmen rechtlich zehntausendmal abgesichert. Bei denen weißt du nie, ob du es mit einer Firma, einer Organisation, 'ner Sekte oder einem Sportverein zu tun hast. Für alles und jedes bieten die Lehrgänge an, und wenn du den Schein nicht machst, dann bist du eben bei der einen oder anderen Aktion nicht dabei. Die bieten wahrscheinlich zu einem Kurs von 200 Dollar auch noch ein Brevet an für ‚Furzen unter Wasser und die Folgen für die Tarierung'. Hauptsache, die Kohle stimmt."

Er lachte laut los.

„PADI!"

PADI, für was immer diese Abkürzung stand, hieß bei VDST-, Barracuda- oder DIWA-ausgebildeten Tauchern in der Übersetzung nur „Pay Another Dollar In". Wahrscheinlich mußte man für „Noch-Tiefer"- (unter 18 Meter) und dann „Ganz-Tief"-Tauchen (bis 30 Meter) auch nochmals Lehrgänge machen, die sie sich gut bezahlen ließen.

„Da gibts noch mehr", warf Frank ein. Ein PADI-Tauchlehrer hatte ihm einmal erklärt, ein Taucher müsse nicht schwimmen können, da er ja tauchen könne. Die brutale Realität nicht nur im Roten Meer war und ist, daß ein Taucher an der Oberfläche bei Wellengang oder leicht kabbeliger See bereits aus 50 Meter Entfernung vom Boot aus nicht mehr auszumachen ist. Und wenn der nun keine Luftreserven mehr hätte, um seine Tarierweste aufzublasen? Na dann, gute Nacht. Eine lebensgefährliche Ausbildungspolitik."

Tatsächlich, und das ist auch belegte Realitit, passieren die meisten Unfälle mit Tauchern an der Oberfläche. Die Ausbildung, ob VDST oder Barracuda, verlief bei Frank, Gerd und Malte so, daß die Schüler nach drei Tagen ABC-Ausbildung im Pool – Maske, Schnorchel und Flossen, Streckenschwimmen im Schnorchelmodus, Ab- und Auftauchen und anderem – beim ersten Male im Freiwasser erst einmal zehnmal schnorchelnd um das Boot schwimmen mußten. Schafften sie das nicht, war Schluß. Ging das gut, war die nächste Klippe, eine Minute unten zu bleiben und sich unter Wasser in der Schwebe zu halten. Auch hier war es dann nur ein „Ja" oder ein „Nein".
Ralph erzählte weiter.
„Tags darauf traf ich einen anderen PADI-Taucher und fragte ihn, warum er denn beim Tauchen Handschuhe trüge. Die sind nicht nur in der Karibik, sondern ebenso bei den meisten übrigen Basen verpönt und werden nicht gerne gesehen. Man faßt außer Felsen, toten Korallen und Sand eben nichts an. Er entgegnete freundlich, er friere so schnell unter Wasser. Leute, das kann man akzeptieren. Aber nicht, wenn derjenige einen Shorty mit kurzen Armen und Beinen trägt. Mann, war das ein Blödmann!"
Ralph war noch nicht zu Ende, sondern kam jetzt richtig in Fahrt.
„Am Eingang der Basis stand noch ein anderer Taucher und grinste zu

mir herüber. Ich nickte ihm zu, er nickte zurück. Willi, so hieß er, war Belgier, sprach sehr gut deutsch und war Kampftaucher bei der Marine. Dem entsprechend fand er PADI noch abartiger als wir.

‚Mein Gott, die gehen ja schon auf Deko, wenn sie ein Glas Wasser trinken.'

Und dann erzählte Willy ein bißchen aus dem Nähkästchen.

‚Zu unserer Ausbildung gehörte unter anderem, zehnmal durch eine 600 Meter breite Bucht zu schwimmen, dann am gegenüberliegenden Ufer aus dem Wasser zu steigen und so laut Meldung zu machen, daß es der Ausbilder auf der anderen Seite deutlich hörte. Wenn der dich nicht verstanden hatte, ging alles von vorne los.

Wenn du nach dem Schwimmen zu platt bist und deinen eigentlichen Auftrag nicht mehr ausführen kannst, wäre ja die ganze Übungsaktion für die Katz',' fügte nach meinem erstaunten Blick erklärend hinzu.

‚Und eure Kampfausbildung?'

‚Na ja, eben Waffenausbildung, und sonst Karate, Jutsu und andere praktische Sachen. Nebenbei habe ich Kung Fu trainiert; Kung Fu ist das beste.'

Zu Bruce Lee fragte ich ihn natürlich nicht, sondern nach einem anderen Belgier.

‚Kennst du van Damme?'

‚Klar, ich habe mit ihm trainiert. Jean-Claude ist ‚ne Ballerina. Eitel bis auf die Knochen, und das Wort „Kumpel" hat bei ihm ‚ne ganz eigene Bedeutung. Die Pommes Frites hat er auch nicht gerade erfunden.'

Sprach's, legte ohne sich irgendwo festzuhalten im Spagat seinen linken Hacken auf der Oberkante der Eingangstür ab und grinste breit.

‚Siehst du, so geht das. Das ist nichts Besonderes.'

Diesen morgendlichen Tauchgang und noch einige andere machten wir dann zusammen. Gleich beim ersten Tauchgang klärte er mit dem Guide, wo es langgeht. Der scheuchte uns nämlich nach schon 25 Minuten wieder nach oben. Flasche halbvoll, aber Zeit ist Geld! Willi tippte sich mit dem Finger an die Stirn, grinste, wandelte dann sein Handzeichen in einen militärischen Gruß um und verschwand einfach noch einmal für eine halbe Stunde. An Bord zurück, schaute er den Guide nur einfach kurz an. Der sagte dann gar nichts mehr!

Unter Wasser bewegte sich Willi wie ein Fisch, die Ruhe selbst, und er schien kaum atmen zu müssen.

Drei Monate danach besuchte er mich in Berlin und brachte mir eine Flasche „Düwel" mit; eineinhalb Liter belgisches Starkbier mit satten 16 Umdrehungen.

‚Trink die zu Silvester in einem Zug aus, und wenn du mich dann noch anrufen kannst, bekommst du postwendend eine neue.'"

Ralph lehnte sich zurück.

„Das war ein Typ, eine ganz coole Socke!"

Ralph besaß eine 800er Suzuki und segelte auch mal eben mit Freunden mit 260 km/h Richtung Griechenland; eine Geschwindigkeit, bei der ansonsten fast gerade Autobahnabschnitte zu engen Kurven werden. Er war ein Speedjunkie und liebte es. Erfreulich war für ihn, daß Rosi diese Leidenschaft mit ihm teilte. Auch sie war es gewohnt Risiken einzugehen. In ihrer Jugend war sie im Sulky Trabrennen gefahren, bis eine auskeilende Hinterhand mit einem Tritt auf die Nase dem ein Ende setzte.

****

Exkurs – Dekompression und Tiefenrausch

Beim Tauchen sättigt sich das Blut zunehmend mit Stickstoff, je tiefer und je länger der Tauchgang dauert um so mehr. Beachtet man zum Ende die Auftauchgeschwindigkeit oder die Notwendigkeit eines Dekompressionsstops beim Aufsteigen (kurz: Deko; Abatmen von Stickstoff) nicht, perlt er im Blut aus, wie bei einer Selterflasche, die man zu schnell öffnet, und verstopft die kleinen Kapillare. Die Folgen sind, im harmlosesten Fall, Kribbeln in den Fingerspitzen. Schlimmer bis lebensgefährlich und tödlich sind dann schnell auftretende Lähmungen oder sogar ein Gehirnschlag. Deshalb gilt als Faustregel, langsam, nicht mehr als zehn Meter pro Minute oder nicht schneller als die kleinen Luftbläschen um einen herum aufzusteigen, und, wenn der Tauchcomputer anfängt zu blinken oder zu piepen, zu bremsen oder, was der Computer ebenfalls anzeigt, einen Dekompressionsstop (kurz: Dekostop) einzulegen. Das heiß, daß man je nach Vorgabe des Computers einige Minuten in einer ebenfalls vorgeschriebenen Tiefe verbringen muß. Der Tauchcomputer berechnet während der gesamten Unterwasserzeit die Stickstoffsättigung im Blut und zeigt dann an, bei welcher Tiefe man sich vor dem Auftauchen wie lange aufhalten sollte, um Stickstoff abzuatmen und dann gefahrlos nach oben gehen zu können. Natürlich gibt es unterschiedliche Computer mit unterschiedlichen Programmen, die einen sportlicher, die anderen so, daß sie schon unter der Dusche Deko anzeigen.

Ein Tiefenrausch, der, wie der Begriff schon sagt, vor allem bei tieferen Tauchgängen auftreten kann, ist grob gesagt eine durch Übersättigung mit Stickstoff hervorgerufene, sich einschleichende Art von Narkose, die u.a. zu Panik, Fehlwahrnehmungen, aber auch zu Euphorie und Selbstüberschätzung führt. Sollte das einmal passieren, geht man fünf bis zehn Meter höher, und der Spuk ist vorbei.
Panik ist das häufigste, meist wie aus dem Nichts auftretende Symptom und beginnt oft mit Hechelatmung als Reaktion auf plötzlich vermeintliche Luftnot, wodurch die Stickstoffsättigung im Blut zusätzlich steigt. Seltener, aber nicht ungefährlicher ist die plötzlich aufkommende Euphorie: ‚Ich brauche kein Atemgerät, ich kann alles, ich kann fliegen, mir kann nichts passieren‘, oder auch unkontrolliertes, zu schnelles Auftauchen, um die Vögel zu sehen.
 Gefährdende auslösende Faktoren sind in unterschiedlicher Kombination eine schlechte Tagesform, Unsicherheit auf Grund von Unerfahrenheit, Strömung und/oder schlechte Sicht, also Streßsituationen, die dann zu erhöhter Atemfrequenz führen und das Auftreten beschleunigen. Kondition durch regelmäßiges Schwimmbadtraining und Erfahrung sind da Faktoren, die diese Gefahr minimieren.

Die Geschichte über „Mutter Beimer“ in einer Illustrierten der 1990er Jahre, nach der sie beim Schnorcheln bereits auf drei Meter einen Tiefenrausch gehabt haben soll, war nur eine peinliche Entgleisung eines verantwortungslosen Journalisten. Aber auch der Chefredakteur eines der damaligen großen Tauchsportmagazine wußte es nicht wirklich besser. Welche Schande!

Tieftaucher

Man muß mindestens einmal mit ein oder zwei erfahrenen Tauchern Tiefen aufgesucht haben, die außerhalb der Norm liegen, um die eigene Reaktion auf den ungeheuren Eindruck kennenzulernen, den dieses Erlebnis auslöst. Dann allerdings will man dieses Gefühl nicht mehr missen.

Bei ca 50 Meter Tiefe beginnt es...

Das leise Klickern der Korallen ist verstummt, das die in der Dünung ständig hin und her rieselnden losgebrochenen Korallenstückchen hervorrufen; die weiter oben durch die schwingenden Wellen tanzenden Lichtreflexe der Sonnenstrahlen beruhigen sich und verschwinden bald ganz. Es herrscht eine geheimnisvolle Stille wie in einer menschenleeren Kathedrale. Das zunehmende Blau um dich herum schmiegt sich an wie ein seidenweiches Kissen. Selbst die oben eher blechern-grob klingenden Geräusche des Atemreglers verstummen scheinbar. Sie verwandeln sich und an ihre Stelle tritt ein wohltuendes, silbernes Zirpen wie von einem leise gestreichelten Zildjan-Becken.

Kein anderes Geräusch mehr, kein Straßenlärm, kein Telefon oder Handy stört in dieser vollkommenen Stille, in der du nur noch mit den Elementen und dir selbst bist. Es ist vollkommene, reine Meditation.

Niemand kann sich dieses andächtige Einssein mit der Welt und dem eigenen Sein vorstellen, der es nicht selbst erlebt hat. Es gibt nichts mehr, was auch nur annähernd so beruhigend und entspannend wirken könnte. Man ist hellwach, weil man alles in sich aufsaugen will und bewegt sich trotzdem wie in Trance. Der Kopf ist klarer als bei vielen anderen Gelegenheiten, und es besteht keine Gefahr, sich zu verlieren.

Das unergründliche Schwarz, in das das Blau nach unten hin allmählich übergeht, ist keine Bedrohung, sondern eine freundliche Mahnung daran, daß es mehr gibt, als der Mensch jemals ergründen wird. Denn hinter dem Abgrund geht es weiter, oftmals so tief wie Eurasien breit ist. Und wenn man bedenkt, daß der Planet Erde zu fast drei Vierteln von Wasser bedeckt ist, bringt man auch die Fläche des eurasischen Kontinents horizontal ein paar Mal unter. Ein Lebensraum in drei Dimensionen mit einer ungezählten Vielfalt von Fauna und Flora.

Nicht das Tauchen an sich ist gefährlich,
sondern das Drumherum.

All dies ist weit entfernt von einem Tiefenrausch, der nur diejenigen heimsucht, die das Unbekannte fürchten, aber trotzdem aus Neugier und vielerlei anderen Gründen, die nur ihnen selbst bekannt sind, keinerlei Respekt vor der Gewaltigkeit der Natur zeigen.
Dies ist keine Einladung und kein Lobgesang auf eine immer wieder scharf kritisierte Praxis, sondern eine Warnung an alle, die diesen letzten Satz nicht berücksichtigen. Wozu sich jeder entschließt, bleibt ihm selbst überlassen. Neugier ist des Menschen Natur, und wenn die Vernunft außer Acht gelassen wird, endet sie manchmal tödlich.

****

Sie waren zum Glück früh dran, denn ein bis zwei Stunden später würde es von Tauchbooten und noch mehr Tauchern nur so wimmeln. Dieses Riff war für alle Basen einschließlich Hurghada ein Hotspot. Nachdem alle ihr Tauchgerät vorbereitet hatten, rief Frank sie zum Briefing, zur Besprechung der Örtlichkeiten und des Tauchgangs. Als Untergrenze angesagt waren 40 Meter. „Keiner geht tiefer, sonst bleibt er heute nachmittag auf dem Boot." Da verstand Frank keinen Spaß. Das war ein Tauchgang an der Grenze zum Tieftauchen, und sollte einer aus der Gruppendisziplin ausbrechen, würden es ihm andere nachtun. 40 Meter oder tiefer, das war nur etwas für erfahrene Taucher in einer homogenen Gruppe und auch dann nicht ganz ohne.

Ralph war noch nicht ganz fertig mit seiner Geschichte.

„Einmal habe ich die Amis so richtig schön gefoppt. Die sind ja dermaßen auf Sicherheit bedacht. So ein Rudel beim Nachttauchgang blinkt und leuchtet, daß du denkst, du hast eine Massenkaramboulage mit diversen Polizei- und Rettungsfahrzeugen vor dir. Und das bei ruhiger See und Vollmond. Da hat man in einer Tiefe von zehn Metern fast zehn Meter Sicht. Um dir dann die Details näher anzusehen, brauchst du eigentlich nur ein Streichholz. In diesem Fall hatten sie eine mittelgroße Muräne umzingelt und kniffen sie abwechselnd in den Schwanz. Das Tier drehte sich panisch hin und her, konnte sich aber leider offensichtlich nicht entscheiden, wen zu beißen am effektivsten gewesen wäre.

Jedenfalls saßen die oft nachmittags auf dem Steg, an dem man nach dem Tauchgang wieder aus dem Wasser steigt. Von der Riffkante sind das etwa 60 Meter, knapp acht Meter tief, schön zum Austauchen und abatmen. Ich hatte meine Sonnenbrille mit runtergenommen. An der Riffkante bin ich kurz hoch und sah sie auf dem Steg. Wir sind dann rüber, und so zehn Meter vor dem Auftauchen packte ich meine Maske in die Weste und setzte die Sonnenbrille auf. Ihr müßt euch vorstellen… Ein Taucher, nur mit Badehose und T-Shirt bekleidet, noch dazu nur mit einer Tragschale für die Flasche, also ohne Tarierweste, und dann eine Sonnenbrille auf der Nase. Ihr hättet die Gesichter sehen sollen.“

Alle lachten.

„Wenn einer bei PADI ein Schnorchelbrevet macht, dann ist eine Rettungsweste obligatorisch. Da kann der dann aber jegliches Abtauchen knicken. Und diese Idioten machen den Quatsch auch noch mit.“

Frank zappelte jetzt ungeduldig.

„Los, Leute, gleich fallen die Heuschrecken aus Hurghada ein, und dann wird's hier voll. Macht, daß ihr ins Wasser kommt!“

Das Boot ankerte nahe am Riffende, sodaß der Weg zur Außenseite nur kurz war. Wer nicht schon einmal in 40 Meter Tiefe an einer Steilwand entlanggeschwebt ist, um sich herum nur blaues Licht, das nach unten immer dunkler werdend sich einem unergründlichen schwarzen Abgrund verliert, kann sich keine Vorstellung von den Gefühlen machen, die einen Taucher da überkommen.

„Uschi, heb dir den Knubbel für heute nachmittag auf", rief Andi, „da wird's flacher.".

Sie sah, wie Uschi auf sie zukam,
doch sie war noch nicht dran.
Sie war etwas enttäuscht,
aber sie würde noch gebraucht.
Sie ahnte nicht, wie sehr.

An der festgesetzten Tauchtiefengrenze nahm Dave aus den Augenwinkeln wahr, wie Frank mit seiner Freundin aus noch etwas größerer Tiefe aufstieg. ‚Na Alter, aber du darfst das, hä?' Was war da unten? Er schwamm in die Richtung und ließ sich auf 45 Meter absinken. Mensch, eine Höhle! Er steckte den Kopf hinein. Sie war geräumig, feiner Sand bedeckte den Boden, aber sie war vollkommen leer. Zurück auf 40 Metern sah er plötzlich etwas grünlich leuchten. Das konnte in dieser Tiefe eigentlich nicht sein. Doch es handelte sich um eine phosphorizierende Anemone, die erste, die er je gesehen hatte. ‚Sachen gibts', dachte er. Klaas glaubte drei Hammerhaie gesichtet zu haben, die ca 20 Meter weiter unten am Riff vorbeizogen. Er ließ sich bis auf 50 Meter absinken und schoß ein Foto, war sich aber nicht sicher, ob das Bild etwas geworden war. Sie waren immer noch weit unter ihm. Na ja, und näher wollte er diesen Biestern nicht kommen.

Nach 40 Minuten tauchten alle am Boot wieder auf.
„Schaut mal, was ich gefunden habe!", rief Hajo.
Er hielt einen mit vier Kilo bestückten Bleigurt in der Hand. Zurück an Bord begutachteten alle das Stück. Wie der Besitzer nach dem Verlust wohl weitergetaucht war? Da es bereits auf 12 Uhr zuging, war ihr Boot mittlerweile von vielen anderen eingekeilt. Es fühlte sich an wie an einem Samstagmittag auf dem Parkplatz von Aldi. Man hätte trockenen Fußes von einem Kahn zum anderen wandern können.
„He, Leute", kam ein Ruf vom Nachbarboot. Eine Frau winkte herüber: „Das ist ja mein Bleigurt."
Sie kam an Bord, brachte aber nicht mal ein „Hallo" heraus, nahm den Gürtel ohne das kleinste Dankeschön an sich und kletterte grußlos auf

ihr Boot zurück. Sie hatten jetzt keine Lust mehr weiter zu fragen, was gewesen war, sondern sahen sich nur mit hochgezogenen Brauen an. Klaas verdrehte die Augen:

„Erziehung? 6 Minus! Setzen!"

Dave konfrontierte Frank, so laut, daß auch die anderen es hörten.

„Was ist denn so faszinierend an dieser Höhle? Da ist doch nichts drin. Oder wart ihr drin? Habt ihr auch die grüne Leuchtanemone gesehen?"

Frank grinste ertappt und wandte sich schnell ab. Die anderen schmunzelten. Wohl niemand hatte sich an die 35 Meter-Marke gehalten, aber von Bestrafung konnte jetzt keine Rede mehr sein. Frank war eher Kumpel als Oberlehrer und hatte durch Daves Bemerkung jetzt sowieso das Nachsehen.

Rosi und Uschi unterhielten sich leise. Ein Gespräch zwischen den beiden kam höchst selten vor und begann auch prompt mit einer nur knappen, fast vorwurfsfollen Frage. Rosi hatte gerade eine Boulette vom bereits Mittagsbuffet genommen und verstaute sie in einem Plastikbeutel.

„Was hast du denn damit vor?"

„Ich nehm's nachher mal mit runter. Mal sehen, was passiert. Vielleicht kann ich ein paar anlocken."

„Das solltest du nicht. Du weißt doch, Frank wäre nicht glücklich darüber. Das ist doch kein Fischfutter."

„Schmeckt aber so. He, die sind wirklich steinhart und dermaßen trocken. Kann man sowieso nicht essen."

Sie lächelten beide.

Das Essen auf den Booten war nicht immer das beste. Lisa hatte vor einiger Zeit eine sehr spezielle Erfahrung gemacht. Nachdem sie einmal bei einem Morgentauchgang früher an Bord zurück mußte, weil ihr ein Flossenband gerissen war, erwischte sie den Koch, wie er beim Zubereiten des Essens in der Kombüsenecke hockte, einen Comic vor dem Gesicht hatte und onanierte. Seitdem sie das erzählt hatte, schauten sie auf jedem neuen Boot zunächst in die Kombüse und dann in das Gesicht des Smutje.

Woran sie sich nie gewöhnen konnten, geschah dann meist nach dem Mittagessen. Es waren immer einige, die dann auf der mittschiffs liegenden Bordtoilette verschwanden und das Notdürftigste verrichteten.

Das Produkt ging sofort außenbords, und der Gedanke, nachmittags hier wieder ins Wasser zu gehen, hinterließ spontan ein sehr unbehagliches Gefühl. Doch dann kamen, wie immer, die Gourmets. Ein Schwarm Fische, meist schöne blaue Doktorfische, die wohl so hießen, weil sie rechts und links am Schwanzansatz zwei rasiermesserscharfe Skalpelle haben. In diesem Falle verrichteten sie als Entsorgungsunternehmen berufsfremde Arbeit. Die Angelegenheit war dann in Null komma Nichts bereinigt. Das unangenehme Gefühl war daraufhin ebenfalls jedes Mal wie weggeblasen, stellte sich aber jeden Tag auf dem Boot um die Mittagszeit erneut ein.

Nach dem Essen waren zwei Stunden Ruhepause angesagt. Sie krochen in den Schatten des Sonnensegels, das über dem Oberdeck aufgespannt war, einige hörten Musik oder lasen, die meisten schliefen. Dave hörte nur noch Ditsche wieder mal leise vor sich hin brabbeln:
„Auch der Rheinaal badet gerne im Kanal… …hmm. Auch der Rheinaal badet gerne im Kanal nicht weit… von Herne." Zufrieden grinsend schlief er ein.
Die anderen unterhielten sich leise über den fest eingeplanten Tauchgang am Wrack der „Salem Express" in zwei oder drei Tagen.

****

Exkurs – Die „Salem Express"

Die „Salem Express" war eine moderne, etwa 110 Meter lange Fähre, der Stolz der ägyptischen Handelsmarine und konzipiert für 800 Passagiere. Sie verkehrte gewöhnlich zwischen Safaga und Saudi-Arabien, und in bestimmten Monaten, vor allem zum muslimischen Fastenmonat Ramadan, verschiffte sie Pilger von Safaga, einer ihrer Sammelstellen, nach Mekka und auch wieder zurück. Um die Mitte 1994 havarierte sie mitten in der Nacht auf der Rückfahrt von Mekka nicht weit von der Einfahrt zum Hafen von Safaga. Sie kollidierte mit einem Riff und ging fast augenblicklich unter. Fast 600 Menschen ertranken. Wie die Untersuchungen dieses Unglücks ergaben, war sie mit ca 1300 Passagieren völlig überladen. Weiter stellte sich heraus, daß der Kapitän volltrunken war und einen äußerst riskanten Kurs eingeschlagen hatte. Er war zu weit südlich von der etwa 300 Meter breiten Durchfahrt zwischen Middle Reef und Chab Shear geraten, wollte den Kurs aber nicht ändern, weil ihn das viel Zeit gekostet hätte, und versuchte abzukürzen, indem er die gefährliche und allgemein gemiedene, sehr enge und mit kleineren Riffen quasi übersäte Durchfahrt südlich von Shab Shear versuchte. Es war Nacht, und die Spitze von Chab Claude, des schicksalhaften, halbkugelförmigen, nur etwa 80 Meter breiten, aber sehr stabilen Riffs lag nur drei Meter unter der Oberfläche. Die Fähre traf das Riff frontal und in voller Fahrt. Das Schiff bäumte sich mit dem Bug hoch auf, das Heck sackte ab. Schwerkraft und Gewicht zogen es dann zurück, es legte sich auf die Seite und versank in Minutenschnelle. Die großen Fenster der Aufenthaltsräume auf dem Deck wurden eingedrückt und das Wasser schoß hinein. Sie hatten keine Chance. Zahllose Männer, Frauen und Kinder ertranken in diesem nächtlichen Chaos. Die Information ging schnell herum, die ägyptische Marine war bald zur Stelle, und sämtliche Tauchbasen der Gegend boten sich und ihre Tauchboote als Hilfe an. Allein die Marine lehnte dieses Angebot umgehend ab, zu stolz, Ausländer helfen zu lassen oder aus Standesdünkel, und äußerte sich dahingehend, daß sie das schon allein schaffen würde. Das kostete mit Sicherheit noch Dutzende Menschen das Leben. 30 Boote, die das Meer absuchen, finden mehr als nur fünf.

Chab Claude und die „Salem" sind untrennbar mit einander verbunden. Die Fähre liegt ca 200 m vom Riff entfernt auf der Seite auf Kiel, der Bug in ca 20, das Heck auf ungefähr 40 bis 45 Metern Tiefe. Der Bug war an der rechten Seite eingedrückt, als ob dort jemand mit einem riesigen Schmiedehammer zugeschlagen hätte. Die „Salem" hatte am Riff eine große klaffende Wunde hinterlassen; ein gutes Viertel war von der Oberfläche bis zum Grund nur noch eine einzige häßliche Geröllhalde, auf dem sich, als ob die Natur sich weigerte, bisher noch keinerlei neuer Bewuchs angesiedelt hatte.

Malte, der zu dieser Zeit bei Frank und Malte als Assistent gearbeitet hatte, erzählte von dem ersten Tauchgang am Wrack ca drei Monate nach dem Unglück sowie mehreren weiteren. Nicht lange nach der Havarie, dann waren die Trophäenjäger aufgekreuzt, allgemein nach altägyptischer Tradition einfach nur als Grabräuber bezeichnet. Das Steuerhaus war schon nach einem halben Jahr komplett ausgeräumt, ob Steuerelektronik oder der Taschenkompaß des 1. Offiziers. Alles was nicht niet- und nagelfest war, wurde mitgenommen. Das war aber nicht das Übelste. Sie drangen auch ins Schiff und in die Kabinen ein, durch Bullaugen und Schotts, die sie zum Teil gewaltsam öffneten, trugen Koffer und andere Habe der Passagiere nach draußen und suchten nach was auch immer. Als Souvenir war alles recht. Dutzende Koffer waren um das Wrack herum verteilt, geöffnet und durchwühlt. Ein Kinderdreirad stand nicht weit abseits, daneben ein einzelner Kinderschuh.
Ein Friedhof ist an sich nicht gruselig, doch so etwas um so mehr. Bei einem der nächsten Tauchgänge fand Malte das Dreirad zerbrochen, als ob sich jemand für ein Foto in Pose gesetzt hätte. Auf den Blättern der großen Schrauben standen dann diverse Ghettoblaster, Recorder und Radios wie bei einer Verkaufsausstellung aufgebaut, sicherlich ebenfalls für ein „Stillleben mit Taucher".

Man kannte das schon von der „Thistlegorm", einem etwa 140 Meter langen englischen Militärgutfrachter, der 1941 im Golf von Akkaba von einem deutschen Jagdbomber versenkt worden war. Der Legende nach war der Pilot auf der Suche nach der „Queen Mary", die zu dieser Zeit als Truppentransporter operierte. Er hatte sie nicht gefunden und soll sich dann mit diesem Frachter begnügt haben. Der lag auf ca 40 Metern

Tiefe aufrecht auf Grund und wies mittschiffs ein riesiges Loch auf .
Auch hier waren die Souvenirjäger fleißig zu Werk gegangen. Die Motorräder hatten keine Armaturen und Lampen mehr, bei manchen fehlte der komplette Lenker, bei den Lastwagen und Jeeps sah es ähnlich aus, und in den Munitionskisten, die die großkalibrigen Granaten für die Feldhaubitzen enthielten, fehlten so einige. Die hatten wahrscheinlich bei irgendwelchen Tauchern im Wohnzimmer auf dem Trophäenaltar ihren Platz gefunden. Nur wehe, wenn dieses „Tischfeuerwerk" seiner Bestimmung gemäß zu funktionieren gedachte. Offensichtlich nahm es keiner von ihnen ernst, daß die Zünder jahrzehntelang im Salzwasser gelegen hatten und niemand sagen konnte, wann sie durchgerostet sein würden. Selbst wenn dann zu Hause vor dem Hübschmachen und Aufpolieren für die Erinnerungsecke der Zünder ausgebaut werden würde, lagerten diese Mordsteile, nachdem sie bereits kräftig durchgerüttelt worden waren, mindestens noch ein paar Tage in irgendeinem Hotel mitten in Hurghada. Tauchen ist wahrlich kein Häkelkränzchen, doch nur Schwachköpfe nehmen um angeben zu können, auch solche Risiken in Kauf.

Wie Gerd schließlich hinzufügte, hatten später Taucher der ägyptischen Marine sämtliche Eingänge der „Salem Express" zugeschweißt oder gründlich verbarrikadiert.
Das Meer und seine Bewohner nehmen solches mitleid- und teilnahmslos einfach zur Kenntnis, als Geschenk an und umgehend in Besitz. Außer für Malte, Klaas, Ditsche und Hajo war es für die anderen das erste Mal. Sie wollten die Gewaltigkeit des untergegangenen Schiffes bestaunen und waren gespannt auf neuen Bewuchs und den immensen Fischbestand. Niemand tauchte in das weit offene Cafe am Heck auf dem Oberdeck hinein, allein das Ruderhaus wurde gelegentlich besucht, aber nur, um sich kopfschüttelnd die traurigen Überreste der einstigen Hig Tech-Elektronikausstattung anzusehen.

****

Klaas hatte dazu noch eine Geschichte

„Mit Gerd, Rudolph und Margot aus Frankfurt und ein paar anderen – ihr wißt ja noch, Margot, Ali und sein „Kuchen" -. haben wir im letzten Herbst einen zwei-Tages-Trip zur „Thistlegorm" gemacht. Das ist ein englischer Militärfrachter, der 1941 von einem deutschen Bomber versenkt worden ist. Er liegt am Anfang des Golfs von Akaba in der Nähe von Sharm El Sheikh so in 30-40 Metern Tiefe.

Wir mußten über die „Straße von Gubal" am Anfang des Golfs von Suez zum Sinai hinüber. Da hat es Seegang und Wellen vom Feinsten. Bei geradem Kurs nach Osten wären die Wellen von der Seite gekommen Die hatten locker sechs bis acht Meter und hätten uns gekentert. Nur ein Idiot würde das wagen. Aber das war mal ein Skipper, der es draufhatte. An diesem Nachmittag überzusetzen war ihm angesichts der stürmischen See zu heikel. Er verordnete eine Übernachtung in einer ruhigen Bucht. Am nächsten Morgen hatte sich der Wellengang etwas abgeschwächt, und es ging weiter. Der Kapitän steuerte zunächst nach Norden gegen die Wellen, aber bereits schräg Richtung Durchfahrtsmitte, wo er dann wendete und nach Süden schräg auf das andere Ufer zufuhr. So hatte er die Wellen von hinten, was weit weniger gefährlich war, für uns jedoch immer noch reichlich aufregend. Ich saß auf der Türschwelle der Kajüte und sah zu, wie die Wasserberge auf unser Boot zurollten. Das Sonnendeck in etwa zwei Meter Höhe reichte genau bis zum Heck, und bei einigen der Brecher war dann kein Himmel mehr zu sehen. Irgendwann, als alle das Schauspiel vom Sonnendeck aus „genossen", kam Gerd nach oben, ausgestattet mit einer Rettungsweste, eine zweite über dem Arm, und fragte in die Runde:

,Na Leute, geht's gut? Braucht einer so eine?'

Und dann grinste er über das ganze Gesicht. Das war schon so ein bißchen gemein.

Wenn es an der Nordseeküste überhaupt solche Wellen mal gibt… schon bei nicht annähernd so großen ist der Fährverkehr zwischen den Inseln und dem Festland dann dicht."

****

75

2. Tauchgang – Chab Shear

Chab Shear ist ein langgezogenes Riff in Ost-West-Richtung, nicht weit von Chab Claude. Ein wunderschöner Tauchplatz. Innen ging es bis auf ungefähr 25 Meter, und an mehreren Stellen war es von kleinen Canyons durchzogen, die voller Fisch standen. Hier konnte man allerdings schnell die Orientierung verlieren, und der Tauchpartner geriet auch leicht außer Sicht. Auf der weit tieferen Außenseite waren bei günstigen Bedingungen schöne Strömungstauchgänge möglich.

Andi äußerte, er wolle diesen Tauchgang mit Uschi allein machen, eine Idee, der sich Ditsche und Hajo anschlossen, und Ralph meinte, das könne ihm heute auch gefallen. Sie waren sich schnell einig; alle wußten, daß kleine Gruppen wegen des geringeren Geräuschpegels mehr und näher Fisch zu sehen bekommen. Aus diesem Grund wurden solche Tauchgänge nur allein mit dem Partner gerne und häufig gemacht. Es war dabei relativ normal, daß sich beide auch mal zehn Meter voneinander entfernten, was aber an sich gegen die Regel verstieß.

„Hey, Dave", sagte Malte, „wie wär's mit einem Strömungstauchgang? Wenn uns Frank an der Spitze des Riffs absetzt, können wir uns bis zum Durchstich auf die Innenseite driften lassen, wo die anderen sind. Ich wollte schon lange mal sehen, wie lange ich es schaffe unten zu bleiben."
„Ein Rekordversuch? Na klar doch."
„He, Frank, wie siehts damit aus?"
Frank schaute nach Wind und Wellen und dachte kurz nach.
„Ja, ich glaube, das würde heute gehen. Ist aber schon eine gute Strecke bis zum Durchstich. Falls die Drift nicht reicht, müßt ihr eben früher hoch. Aber ihr seid ja direkt am Riff."
Dave grinste. Er galt mit seinen 35 Tauchgängen in der Branche als Anfänger. Als erfahrener Taucher wird jemand unter Kollegen erst ab ca 100 Tauchgängen wahrgenommen. Mit einer solchen Aktion konnte er sein Image aufpolieren.
Nachdem Malte und Dave an der Ostspitze des Riffs abgesetzt worden waren, erreichten sie kurz darauf ihren Tauchplatz auf der Innenseite, gingen ins Wasser und tauchten ab. Ditsche und Hajo schwammen gleich zu einem großen Korallenblock, ließen sich davor scheinbar wie

verabredet auf die Knie nieder und verharrten bewegungslos, als wären sie selbst eine Koralle.

Für Andi verlief alles wie gewünscht. Die anderen waren bald aus dem Blickfeld, und die Canyons boten alle Möglichkeiten, sich abseits zu bewegen.
Uschi deutete Andi mit Handzeichen an, daß ihre Luft scheußlich schmecke. Er „morste" zurück, daß es bei ihm nicht anders sei, zuckte mit den Schultern und winkte beruhigend ab: ‚Bei mir auch, aber ist jetzt nicht mehr zu ändern. Ist nicht so schlimm. Gleich hast du dich daran gewöhnt.'
Nachdem die anderen außer Sichtweite waren, blieb er allmählich hinter Uschi zurück. Er wartete. Nach einer Weile dann begann Uschi plötzlich am ganzen Körper unkontrolliert zu zucken. Sie versuchte sich nach ihm umzudrehen. Dann krampfte sie mehrmals heftig, und dann bewegte sie sich nicht mehr und schwebte reglos wie ein totes Stück Holz knapp einen Meter über dem Grund. Das Gas hatte sein Werk verrichtet. Aus ihrer 2. Stufe stiegen keine Luftblasen mehr auf. Sie atmete nicht mehr. Andi wartete noch einen Moment und schaute sich sorgfältig um. Dann griff er nach Uschis Inflator, ließ etwas Luft aus ihrer Weste und zog sie hinunter auf den Sand, vorsichtig, damit nichts aufwirbelte und ihn vielleicht verriet. Er kniete sich neben sie, fischte zunächst die kleine Tauchflasche aus der Tasche seiner Tarierweste, legte sie neben sich, zog seine Tarierweste aus und stellte seine Flasche aufrecht in den Sand. Als nächstes schob er sich das Mundstück der Miniflasche in den Mund und vergewisserte sich, daß sie funktionierte. Zur Überprüfung von Uschis restlichem Luftvorrat nahm ihr Finimeter zur Hand; noch mehr als 90 bar. Dann schloß er die Ventile beider Flaschen und schraubte die Atemschläuche ab. Der nächste Schritt würde jetzt etwas dauern, aber es war unumgänglich und deshalb eingeplant. Er entleerte ihre Flasche bis auf 20 bar, immer vorsichtig und langsam, damit das Ventil nicht vereiste, was aber unter Wasser kein großes Problem verursachte. Länger reichte seine Geduld nicht. Das war jedoch der heikelste Moment. Wenn jemand nahe genug war, konnte er die kontinuierlich aufsteigenden, ungewöhnlich zahlreichen Blasen sehen, sich darüber Gedanken machen und nachsehen kommen. Doch dafür hatte er sich eine Ausrede zurechtgelegt, denn einen Seitenschneider, um den Schlauch anzuschneiden und

einen geplatzten Atemschlauch vorzutäuschen, hatte er ebenfalls in seiner Weste Er nahm seine Halskette ab, schraubte sie auseinander und verband damit die Ventile beider Flaschen. Das würde jetzt dauern. Er sah sich immer wieder um. Nur ein paar vereinzelte Fische waren zu sehen. Er füllte Uschis Flasche auf die für eine Unterwasserzeit von 40 Minuten plausible Menge von 45 bar und führte dann die ganze Prozedur in umgekehrter Reihenfolge noch einmal durch. Den Überströmschlauch schraubte er wieder zusammen und legte ihn um seinen Hals. Es hatte seine Frau nicht einmal anfassen müssen und war irgendwie erleichtert darüber, daß er ihr Gesicht nicht sehen konnte.

Die Miniflasche barg er wieder in seiner Weste, denn die wollte er auf keinen Fall hier zurücklassen, sondern auf dem Rückweg zum Boot irgendwo in einer Korallenspalte verschwinden lassen. Niemand würde sie finden, weil niemand sie suchen würde. Er schaute sich noch einmal um, beseitigte seine Spuren im Sand und entfernte sich. Eine halbe Stunde nach dem Abtauchen war vergangen. Er bewegte sich ganz langsam wieder in Richtung Tauchboot und spähte nach allen Seiten, um beim ersten Anblick eines anderen Tauchers sofort in hektische Schwimmbewegungen zu verfallen.

Sie blieb allein zurück.
Mußte sie jetzt auf ewig hier liegen?
Das war nicht ihre Bestimmung.
Sie war jung und hatte
noch nicht viel erlebt
Ihre Füllung war
ungewöhnlich und unangenehm gewesen,
das kannte sie nicht.
Jetzt war es besser.
Doch was sie gerade gesehen hatte,
verstörte sie
über alle Maßen.

Nachdem zum Ende des Tauchgangs die Flaschen bei den anderen bis auf die Sicherheitsreserve leergesaugt waren, schwammen sie zum Boot zurück. Dave bemerkte es als erster. Er gab den anderen Zeichen und deutete auf einen Korallenblock nahe beim Boot. Dort knieten „Pat und

Patachon" tatsächlich nach einer Dreiviertelstunde, ungerührt wie zwei Priester vor dem Altar, noch immer in derselben Stellung! Eine sakrale Stimmung lag über der Szene; eigentlich filmreif. Na, das würde sie abends einige spitzzüngige Frozzeleien und etliche Biere kosten.

Rosi hatte ihre Boulette bei einem Napoleonfisch ausprobiert. Doch der hatte das ungenießbare Ding prompt wieder ausgespuckt. Die kannte er wohl schon.

Malte und Dave trudelten ein. Malte zeigte „O.K." und grinste hinter seiner Maske, ebenso Dave. Alle versammelten sich unter dem Boot, um noch möglichst viel Stickstoff abzuatmen, bereit zum Auftauchen. Jetzt fehlten nur noch Andi und Uschi.
Da sahen sie Andi heranschwimmen. Er kam mit wilden Flossenschlägen auf sie zu, machte heftige Handzeichen und deutete nach oben. Sofort stiegen sie gemeinsam auf. An der Oberfläche riß Andi sich die 2. Stufe aus dem Mund.
„He, los! Kommt mit, ich habe Uschi verloren. Sie war plötzlich nicht mehr hinter mir. Ich hab sie gesucht und konnte sie nicht finden. Wir müssen sie suchen!"
Mit nur der Sicherheitsreserve in den Flaschen war nochmaliges längeres Abtauchen nicht mehr möglich. Sie beeilten sich an Bord zu kommen und sahen sich erst einmal ratlos an. Frank und Malte verständigten sich daraufhin mit einem kurzen Blick. Ohne lange zu zögern griffen sie zu zwei Reserveflaschen, machten sich fertig und sprangen ins Wasser. Sie kannten dieses verwinkelte Riff besser als alle anderen.

Sie fanden Uschi erst nach knapp einer halben Stunde. Sie lag mit dem Gesicht nach unten auf dem Grund, so wie Andi sie verlassen hatte.
Es war nicht einfach, den leblosen Körper an Bord zu hieven, aber Frank wußte, wie man das notfalls auch allein schaffen konnte. Die Kenntnis und das Beherrschen dieser Technik für das Bergen eines verunfallten Tauchers wird bereits Anwärtern für einen Drei-Sterne-Tauchschein bei der Prüfung abgefordert. Jedenfalls beim VDST. Er setzte sich den schlaffen Körper von Uschi noch im Wasser auf einen Oberschenkel und stieg dann, gestützt von Malte, Schritt für Schritt langsam die Leiter hinauf. Oben erwarteten sie fassungslose und entsetzte Gesichter. Lisa begann zu weinen.

„Mein Gott, was ist denn passiert? Was ist mit ihr? Andi, sag doch was."
„Das weiß ich doch auch nicht! Sie war plötzlich weg, und ich hab sie gesucht. Aber das ist ja da so ein Labyrinth da unten."
Andi schrie fast. Er war vor Anspannung und Aufregung noch blasser als der übrigen. Auch die beiden anderen Mädchen weinten jetzt. Die anderen schluckten.
„Frank Frank! Ist sie tot?"
Frank konnte nur den Kopf senken und nicken. Andi barg sein düster gewordenes Gesicht in den Händen. Niemand brachte ein Wort heraus, bis Frank sagte:
„Nun hockt euch mal alle hin. Wir fahren jetzt sofort zurück."
Er gab dem Kapitän ein Zeichen und wies in Richtung Safaga.
„Yalla yalla!"

Uschi lag ausgestreckt im Heck des Bootes bei den Tauchflaschen. Sie war extrem blaß, und ihre Lippen waren blau. Alle saßen zusammengesunken in der Kajüte. Die Mädchen schluchzten leise, die anderen brüteten mit gesenkem Kopf vor sich hin, aber alle sahen immer wieder hinüber, bis es Frank zuviel wurde. Er zog ihr Flossen unbd Füßlinge aus, nahm ein großes Badetuch und bedeckte die Tote, sodaß nur noch ihre Füße zu sehen waren. Aber die sahen aus der kurzen Entfernung ebenfalls furchtbar blaß und bläulich aus.
Die Rückfahrt verlief in völligem Schweigen.
Der Kapitän hatte schon einen Funkspruch nach Safaga abgesetzt, sodaß bereits ein Rettungswagen hereitstand, als sie am Anleger festmachten. Stumm gingen sie zu Hotel zurück und begaben sich wortlos in ihre Zimmer. Die Hitze spürten sie heute nicht. Selbst an Hakim, der es schon erfahren hatte und sie mit traurigem Gesicht auf der Terasse erwartete, gingen sie blick- und grußlos vorüber.
Eine Stunde später wurden sie hinuntergebeten, weil die die Polizei eingetroffen war. Die Beamten stellten einige Fragen zum Ablauf der Ereignisse an diesem Nachmittag und teilten bedauernd und teilnahmsvoll mit, daß die Sanitäter und dann auch der Arzt leider nur noch den Tod feststellen konnten.

Die Leiche wurde zunächst beschlagnahmt, damit der Polizeiarzt die Todesursache ermitteln und den Totenschein ausstellen konnte. Er bescheinigte Ohnmacht, dadurch bedingtes Ertrinken und Herzversagen. Hinsichtlich der Ursache war er sich jedoch offensichtlich nicht ganz schlüssig. Auf jeden Fall war es ein Unfall, wie er jedes Jahr diversen Tauchern passierte, und es gab keinerlei Hinweise auf Fremdverschulden. Wie üblich in solchen Fällen, wenn Ausländer im Spiel waren, wurde die Sache nach Kairo weitergeleitet. Die Gruppe wurde gebeten, sich zur Verfügung zu halten. Ein Flugticket nach Kairo für den nächsten Morgen würde man ihnen noch am Abend zukommen lassen. Das sei die übliche Vorgehensweise. Man bedaure, das sei Gesetz und somit unumgänglich.

Sie stand wieder
im Kompressorraum der Basis
und wartete auf ihre nächste Füllung.
Das war ihre Bestimmung.
Doch dann wurde sie abgeholt.
Leer.
Was hatte das zu bedeuten?

Am nächsten Morgen ließ es sich Hakim nicht nehmen, selbst mit zum Flughafen zu fahren. Auch ihn hatte die Geschichte betroffen gemacht, er half, wo er konnte, und ein großer Daimler war zumindest für vier von ihnen – natürlich zuerst die Damen – allemal angenehmer als ein Bus. Als sie schon schon fast am Flughafen in Hurghada waren, fragte Malte:
„Leute, habt ihr alle eure Pässe? Holt sie schonmal raus und habt sie griffbereit."
Zwei leise Schreie kam von hinten.
„Scheiße, wo sind die? Verdammt, die haben wir am Tresen liegenlassen."
Das waren Ralph und Rosi.
„Oh Schiet! Ich kann meinen auch nicht finden," kam es von Klaas.
Das war nicht gut. Die Gruppe hatte von der Polizei einen definitiven Termin erhalten und war nachdrücklich darum gebeten worden, pünktlich zu erscheinen. Der nächste Flug nach Kairo ging sicherlich erst um einiges später, wenn überhaupt noch an diesem Tag. Es würde Schereien geben. Der Kleinbus hielt an, und Hakim eilte herbei. Er vernahm das Problem, und dann kam seine große Stunde.

„Wieviel Zeit habts ihr noch?"

„Eine Stunde bis zu Einchecken", antwortete Malte.

„Fahrts zum Flughafen und wartet auf mi. Ich bin gloa wiada do."

Er schwang sich hinter das Lenkrad seines Wagens, drehte ihn um, gab Vollgas und machte sich mit quietschenden Reifen auf den Rückweg. Er kannte keinen bedeutenden ägyptischen Formel 1-Rennfahrer. Er war er jetzt Michael Schumacher.

Es war wirklich seine große Stunde, und die brauchte er nicht einmal. Nach 45 Minuten war er zurück, sein Daimler mit dampfenden Nüstern und ziemlich außer Atem. Mit Sicherheit hatte er einige Schallmauern durchbrochen. Zum Glück war die Straße hervorragend. Stolz hielt er die Pässe in die Luft: der Gute Geist vom Roten Meer. Das würde ihm viel deutschen Kaffee bescheren.

„Pfüat di! Bis zum nächsten Mal. Und paßts auf euch auf."

Sie dankten ihm, verabschiedeten sich ebenfalls, und es reichte tatsächlich noch.

4.

DIE UNTERSUCHUNG

Tödliche Unfälle in Ägypten, in die Ausländer involviert sind, werden nach der ersten Untersuchung durch die örtliche Polizei in der Regel noch einmal von der Kriminalpolizei in Kairo auf ihre Korrektheit hin überprüft, damit der ägyptischen Polizei keine Klagen oder Vorhaltungen seitens des Heimatlandes anhängig werden. Wenn ein Tourist vom Kamel fällt, geht das in der Regel glimpflich aus. Bei Tauchern endete ein Unfall in den meisten Fällen letal; ein weitaus schwereres Kaliber. Und es gab und gibt immer noch jedes Jahr viele Tauchunfälle in Ägypten. Auch als die Tourismusbehörde einige Jahre später die erlaubte Tauchtiefe von 40 auf 30 Meter einschränkte, änderte das nicht viel, denn hier lag nicht die Ursache des Problems.

Der Chef der Kriminalpolizei Kairo nahm am Morgen als erster Einsicht in den Bericht aus Safaga. Auf der Grundlage des dort protokollierten polizeiärztlichen Befundes, der keinerlei Anzeichen für Fremdverschulden konstatierte und die Angelegenheit als Unfall zu Protokoll gegeben hatte, lehnte er dann, unterstützt vom Pathologen seiner Abteilung, weitere Untersuchungen ab. Vor allem eine Obduktion sei überflüssig, da hier Ertrinken und Herzversagen vorlägen. Für ihn war die Sache klar, erledigt und sollte schnell vom Tisch. Da es sich um eine Ausländerin handelte, gab er den Fall an seinen Stellvertreter Al Fahdi ab, der zuverlässig die obligatorischen, vorgeschriebenen Vernehmungen durchführen würde und das offizielle Abschlußprotokoll anfertigen sollte.

Mahmoud Al Fahdi, stellvertretender Chefkommissar der Kriminalpolizei in Kairo, kam gerade aus der Kantine zurück, als er die neue Akte auf seinem Schreibtisch gewahrte: „Tödlicher Unfall mit deutscher Frau in Safaga."
Er fluchte leise vor sich hin. Schon wieder. Hatte er nicht genug Arbeit? Er kannte das Spiel. Da war der Polizeibericht, die Befragung der Beteiligten, der Bericht und die Diagnose des örtlichen Polizeiarztes, und

das war immer mit viel zu lesendem Material verbunden und bestätigte gewöhnlich nur das Ergebnis der vorliegenden Akte. Also fruchtlose, zeitvergeudende Arbeit. Er würde mit weiteren Vernehmungen nur eine bereits kalt gewordene Suppe wieder aufwärmen, die danach nicht besser schmeckte als vorher. Mahmoud war korrekt, gewissenhaft, notfalls auch hartnäckig und mit einem untrüglichen Instinkt ausgestattet, für den ihn seine Kollegen bewunderten und achteten. Das hier war eine weitere Verschwendung seines Talents und seiner Zeit, so empfand er es selbst.

Mahmoud arbeitete sich durch die Akte. Blaue Lippen? Das konnte auch andere Ursachen haben. Warum wurde das Tauchgerät, vor allem die Flasche, nicht überprüft? Keine Analyse der Blutwerte? Bescheinigt waren Herzversagen, Ohnmacht und dadurch bedingtes Ertrinken. Ganz eindeutig legte sich der Arzt in Safaga aber hinsichtlich der Todesurasache nicht fest. Vielleicht doch ein bißchen viel von „Zu wenig"? Es war nichts Neues, daß die örtlichen Polizeidienststellen solche Angelegenheiten, vor allem, wenn Ausländer involviert waren, meist schnell hinter sich bringen wollten und es dann an der nötigen Sorgfalt fehlen ließen. Aber erstmal weiter…

‚Allah Akbar, was haben diese dummen Fellachen für einen entsetzlichen Stil', dachte er.

Er hatte keinen der Beteiligten zuvor gesehen und dem entsprechend kein Bild, und so vernahm er sie an diesem Vormittag in der Reihenfolge, wie sie auf der Bank vor seinem Büro saßen, ausgenommen den Ehemann, den er vorzog.

******

84

Andi wurde aufgerufen, kam herein und setzte sich unaufgefordert.

„Was haben Sie da für eine ausgefallene Halskette?", fragte Mahmoud einleitend. Erstmal sich warmlaufen mit Belanglosigkeiten war sein übliches Vorgehen. Er ahnte noch nicht, wie nahe er mit dieser Frage der Wahrheit kam.

Als Taucher kannte Mahmoud einen solchen Schlauch, er gab sich nur neugierig.

„Sieht gut aus, nicht wahr? Das ist ein sogenannter Hochdruckschlauch aus dem Tauchsport. Wird eigentlich benutzt für den Finimeter und um Flaschen zu füllen oder von einer Flasche in die andere überzuströmen." Er begeisterte sich ein wenig. „Sowas hat keiner."

„Darf ich mal sehen."

Andi nahm die Kette ab und reichte sie über den Tisch. Der Kommissar betrachtete sie interessiert. Er wog sie in der Hand und spürte plötzlich, daß da drinnen irgend etwas hin und her schwappte.

‚Merkwürdig', dachte er, ‚die sind eigentlich absolut dicht, wenn sie verschraubt sind.' Es blitzte kurz in seinen Gehirn auf. Er verfolgte den frisch gekeimten Gedanken aber vorerst nicht weiter und behielt ihn zunächst für sich.

„Ausgefallene Idee, steht Ihnen aber gut", bemerkte er und gab sie an Andi zurück. „Ziemlich schwer. Wippt das nicht beim Laufen ständig auf die Brust?"

Andi winkte ab.

„Nicht weiter wild."

„Tragen Sie die auch beim Tauchgang?"

„Ja, warum? Die stört nicht weiter. Und sollte mal der Finimeterschlauch platzen…"

Als Ehemann einer gerade tödlich verunglückten Ehefrau und frischegebackenen Witwer machte Andi auf den Kommissar auf den ersten Blick einen ziemlich ruhigen und gelassenen Eindruck. Nur seine stets wachen Augen zuckten ab und zu.

Mahmoud konfrontierte ihn ohne Umschweife damit:

„Sie wirken nach dieser schlimmen Tragödie, die Ihrer Ehefrau wiederfahren ist, äußerst gefaßt. Ihre Trauer sieht man Ihnen nicht an. Haben Sie bereits damit abgeschlossen?"

Es war ein Versuchsballon. Andi räusperte sich.

„Ich habe das alles noch nicht wirklich begriffen. Das ist alles so unfaß-bar."

„Erzählen Sie. Wie ist das abgelaufen, und wo waren Sie, als der Unfall geschah?"

„Sie war etwa zwei Meter vor mir, und dann zuckte sie plötzlich, sackte auf einmal weg und bewegte sich nicht mehr."

‚Wieso wegsacken. Dafür gab es keinen Grund', dachte der Kommissar.

„Wie tief waren Sie?"

„Knapp 14-15 Meter, so zwei Meter über dem Grund. Falls Sie auf ei-nen Tiefenrausch anspielen; da geht es sowieso nicht viel weiter runter."

„Mojn."

Ein einfacher, nichts desto trotz aber offensichtlich kluger und lebens-erfahrener Mann, konstatierte Mahmoud nach kurzem Gespräch mit Klaas. Mit ihm war er schnell fertig. Vornehm, reserviert und freund-lich umschiffte Klaas alle Fragen nach Einzelheiten über die anderen. Falls er etwas Wichtiges zu sagen gehabt hätte, ging es ihm wohl gegen seine Natur, über seine Freunde zu reden, oder aber die Dinge, die für Mahmouds Ermittlungen eine Rolle spielten, waren ihm wirklich nicht präsent. Offenbar hatte er nichts Auffälliges wahrgenommen. Seiner fei-nen, distinguierten und Fremden gegenüber wortkargen und zurückhal-tenden norddeutschen Art wußte der Kommisar nicht zu begegnen.

Der nächste war Ditsche

„Was machen Sie beruflich?", fragte Mahmoud als erstes.

„Ich habe eine Firma in der Nähe von Berlin. Nichts großes, aber ich komme gut klar. Viel Arbeit."

„Und wenig Freizeit?"

„Reicht schon. Sogar noch für meine Familie."

Er lachte.

„Ansonsten gehe ich tauchen, sooft es geht, und ich schreibe."

„Was meinen Sie?"

„Na ja, kurze Essays, Gedichte und so. Macht Spaß und entspannt von der Arbeit."

„Gedichte. Interessant. Lassen Sie mal hören."

Man mußte Malx nicht zweimal bitten. Er tat es gerne, denn auf seine Lyrik war er stolz.

„Fisch oder Fleisch?"

„Wie bitte?"

„Hab ‚ne Menge Tiergedichte, und diverse auch über Fische."

„Na ja, um beim Thema zu bleiben, Fische bitte. Ist aber egal."

„Ich hab hier eins, das auf beides paßt, sogar mit Loksalkolorit. Also das hierher paßt für Ägypten", und hub an:

„Lacoste besaß ein Krokodil
er ließ es frei am Oberen Nil.
Das Vieh entschwand. Lacoste, betroffen:
"Ich hoff', es ist nicht abgesoffen."
Am Unteren Nil saß Harry Piel
wusch seine Füße mit Persil.
Von Kairo war er angetan:
"Ein U-Boot hier? Echt abgefahr'n!
Und von Lacoste. Doch was ist das?
Das wird doch nicht ..?" Piel macht sich naß.
Ein großes Maul, Gebiß gemein
er schafft's nicht mehr, mit appen Bein."

„Großartig", lobte Mahmoud, „haben Sie so etwas schon einmal veröffentlicht?"

„Nein, das ist unheimlich schwer, da ranzukommen. Es reicht mir eigentlich, wenn meine Freunde sich darüber amüsieren."

Plötzlich schluckte er schwer.

„Meine Güte, ich deklamiere hier meinen Schwachsinn, und ‚ne gute Freundin ist gestern umgekommen. Verdammt, die arme Uschi. Und Andi ist auch nicht zu beneiden. Obwohl, der steckt das ziemlich gut weg. Läßt sich zumindest nichts anmerken, außer daß er noch ruhiger ist als sonst."

Unversehens schwenkte Mahmoud um:

„Trotzdem. Das war sehr schön. Vielen Dank, Doch nun mal zum Grund Ihres Hierseins."

Er machte eine kurze Pause.

„Ist Ihnen am Tage des tragischen Tauchgangs, davor oder danach, irgend etwas Besonderes oder Ungewöhnliches aufgefallen? Sie sagten, er steckte das gut weg?... Lassen Sie sich Zeit."

In seinen langen Dienstjahren hatte Mahmoud die Erfahrung gemacht, daß bei solcher Art Befragungen die Resultate um so reichhaltiger waren, je lockerer er die Gesprächssituation gestaltete. Ditsche dachte eine Weile lang nach.

„Na ja, er war schon immer ein wenig reservierter und zurückhaltender als die anderen. An diesem Tag ganz besonders. Nur wenn er angschickert war, zu Hause, ging er voll aus sich heraus und entwickelte eins ums andere reichlich spinnerte Ideen, zum Beispiel, was er alles noch vorhätte und noch machen würde. Alkohol vertrug er nämlich nur wenig. Komischerweise war gerade Rosi, die sonst so reserviert ist, gestern das genaue Gegenteil. Die läßt sich sonst nie irgend etwas anmerken. So hibbelig habe ich sie nie gesehen."

„Wie war denn ihr Verhältnis zu der Toten?"

„Na, so richtig dicke miteinander waren die beiden Frauen auch nicht." Ohne daß er es bewußt wahrnahm, wurde sein Instinkt wach.

„Hm. Haben sie sich gestritten?"

„Das nicht, aber zu zweit zusammenhocken habe ich sie nie gesehen."

Ralph wurde hereingerufen. Er konnte seine Anspannung nicht verbergen.

„Erzählen Sie mal den Ablauf bis zum Morgen des 3. Tages. Lassen Sie sich Zeit." Und Ralph erzählte. Ausführlicher wurde er beim „Einstandstrunk" am ersten Abend, eher ein Gelage, wie er sich ausdrückte.

„Wir haben Andi sogar dazu gebracht, seine dusselige Halskette abzunehmen und Wodka damit zu trinken. Wir haben's danach auch gemacht. Das ist nämlich eigentlich ein Schlauch, ein Hochdruckschlauch, wissen Sie, aber ziemlich dick. Das zeckt dann richtig im Kopf."

Der Kommissar nickte. Da war schon wieder etwas, was seinem ersten Gedankenblitz ein weiteres Brüderchen gebar und seiner Intuition schmeichelte. Er wußte nicht woher, die Frage kam wie aus der Hüfte geschossen:

„Hatte er diese Kette schon immer?".

„Nee, erst seit zwei Wochen. Ganz schön cool, aber auch'n bißchen angeberisch."

Da war etwas. Eine Vermutung keimte auf.

„Ist Ihnen sonst gestern noch etwas Besonderes aufgefallen?"

„Na ja, wir alle waren reichlich niedergedrückt und mehr als ruhig. Bis auf Rosi. Komisch. So unruhig wie sie war, hatte ich sie noch nie gesehen."

Er sackte urplötzlich in sich zusammen.

„Aber ich habe das Gefühl, daß da schon länger etwas anderes läuft, so wie sie sich mir gegenüber neuerdings verhält. Aber ich weiß es nicht, und ich kapier's nicht. Was hat sie denn? Aber irgendetwas ist da."

Wie gesagt, fragte Mahmoud gewöhnlich zunächst Allgemeines und anscheinend Unwichtiges, um die anfangs meist angespannte Situation aufzulockern. Hier stieg ihm schon bald auf Grund einiger dieser scheinbar „belanglosen" Äußerungen ein Verdacht auf. Sein Instinkt bescherte ihm eine Ahnung, und daraufhin begann er immer gezielter in dieser Richtungen zu bohren und sah sich mehr und behr bestätigt.

Mit einem freundlichen, entwaffnenden „Hallöle" betrat Dave das Büro. Er hatte sich so einige Gedanken gemacht, die mehr und mehr Fragen aufwarfen und die sich in eine für ihn äußerst erschreckende Richtung zu entwickeln begannen. Es drängte ihn nach Antworten, selbst wenn er sie hier erhielt. So eröffnete er selbst die Partie.

„Ich hab' schon vorher bemerkt, daß irgendetwas nicht stimmte."

„Nicht stimmte? Wie meinen Sie das? Erzählen Sie von dem gestrigen Tag. Und auch von den Tagen davor. Was hat Sie zu diesem Gedanken veranlaßt?"

„Am Morgen habe ich einen Streit zwischen Andi und Uschi mitbekommen, was es sonst nie gab. Und es war schon länger zu sehen, daß es zwischen Ralph und Rosi nicht mehr ganz rund lief. Außerdem, nachdem wir auf dem Boot waren, fielen mir wieder die verstohlenen Blicke auf, mit denen sich Andi und Rosi einige Male ansahen, so, als ob sie ein Geheimnis hätten. Das hatte ich vorher schon einmal gesehen, fand das da aber nicht wichtig."

„Wann war das?"

„In der Woche vor der Abreise. Wir haben uns da zweimal getroffen. Und dann fiel mir an Andi auf, daß er irgendwie abwesend und mit seinen Gedanken ganz woanders war. Das kannte ich nicht an ihm. Eigentlich war er immer voll präsent, immer mit einem leicht überlegen wirkenden Gesichtsausdruck. Er hielt sich für unfehlbar. Aber wer denkt das denn nicht von sich selbst."

Er lachte verschnitzt.

„Es störte niemanden weiter, und wir haben ihm seinen kleinen Spleen gelassen."

Bei der Vernehmung von Tine, die nicht umhin konnte, ihm mit ihren Engelsaugen diverse Male anzuplinkern, fand er einige Äußerungen sehr interessant.

„Andi ist ein bißchen klein geraten. Aber oha! In Sachen Ambitionen steht er Napoleon in nichts nach."

„Bitte? Wie meinen Sie das?"

„Er wirkt immer so überlegen und ist voller Ideen, eine verrückter als die andere."

„Außer bei den beiden Pärchen – die beiden Männerfreunde können wir da mal ausnehmen – gibt es da irgendwelche Ambitionen, die über Freundschaft hinausgehen?"

„Das sieht für andere oft so aus. Aber das ist nicht so. Gab's auch noch nie. Nicht das ich wüßte."

„Wie ist das Verhältnis der Frauen untereinander?"

„Wir verstehen uns gut. Außer mit Lisa treffe ich mich aber sonst außerhalb nie mit jemanden. Nur manchmal mit Ralph, der alten Zeiten wegen. Mit Rosi habe ich mich vor zwei Tagen mal länger unterhalten, auch über Ralph. Sowas ist sonst in der Gruppe streng tabu. Ich glaube, die Sache mit Ralph steht ziemlich auf der Kippe. Ich kenne sie schon länger. Wir haben uns vor ein paar Jahren bei einem Buchhaltungskurs kennengelernt. Rosi ist genau wie ich: ohne Probleme in der Lage, mit Freunden umgehend Schluß zu machen, wenns nicht mehr paßt, und schon vorher die Augen offen zu halten. Nicht gerade Mord, aber an Gefühlstodschlag ziemlich nahe dran."

Sie lachte über ihre Wortkreation.

Und so wie sie bei dem Gespräch stimmungsmäßig rüberkam, hatte ich das bei ihr schon erlebt."

‚Irgendwie ein nettes, witziges, aber ziemlich oberflächliches, kleines Mädchen, das sich weigert, erwachsen zu werden. Wäre müßig, da weiter zu bohren', dachte der Kommissar. Er kannte diesen Menschenschlag. Ab und zu traf er sich mit einer Dame aus dem Milieu in einem kleinen Hotel in Kairo. Diese Frau war genau so: lieb, freundlich, konnte keiner Fliege etwas zuleide tun, war aber auf Grund dessen, was sie vom Leben erwartete und was ihr letztlich vergönnt wurde, verbittert und von etwas verbogenem Charakter. Solche Frauen endeten als Tresenschlampe, davon war er überzeugt.

Unverbindlich lächelnd trat Lisa ein. Der Kommisar begann direkter zu werden.
„Ja, wir waren eine ganze Weile zusammen. Aber er ist ein Wanderer. Warum er Uschi geheiratet hat, ist mir schleierhaft. Vielleicht, weil sie aus einen reichen Familie stammt. Keine Ahnung. Eifersüchtig? Nee. Den hab ich irgendwann durchschaut. Aber so wie ich ihn kenne und wie er die letzten Wochen aussah, war er wohl wieder auf Jagd. Diesen Blick kenne ich."
Lisa hatte noch mehr zu erzählen, exhaltiert und spitzzüngig, aber offensichtlich eine gute und genaue Beobachterin.
‚Sieh an, sieh an‘, dachte Mahmoud, ‚die Gruppe ist wohl doch nicht so homogen und harmonisch wie alle denken… oder vielleicht nur behaupten. Da ist wohl einiges im Busch… Na, mal sehen.‘
Diese beiden Frauen waren wie Duschen; einmal eingeschaltet, liefen sie ohne Unterlaß. Es ließ es geschehen und mußte dabei nur das Wichtige herausfiltern.
„Uschi war eine ganz ruhige, aber Ralph, der hatte Feuer in den Augen. Wie die zusammen gepaßt haben, das habe ich mich schon öfter gefragt. Aber sie müssen sich wohl verstanden haben."
„Ist Ihnen diese Halskette aufgefallen?"
„Klar, sowas hat sonst keiner. Er kann ja so ein Angeber sein. Wie er auf diese Idee gekommen ist… Aber mit so einem Schlauch kann man auch ganz etwas anderes anstellen."
Sie schaute ihn herausfordernd an und erzählte ebenfalls von der Party des ersten Abends.
„Aber ausgefallene Ideen und Einfälle hat er sowieso immer eine ganze Menge. Zu allem, und immer tausend und dann noch eine mehr."
„Was meinen Sie damit?"
„Na ja, manchmal war er mir direkt ein bißchen unheimlich. Da war so ein Leuchten in seinen Augen, wenn ihm irgend etwas Ausgeflipptes in den Sinn kam… Aber mehr will ich dazu nicht sagen, das ist nun wirklich sehr persönlich. Dürfen Sie überhaupt so etwas fragen? Das hat doch mit der Sache hier überhaupt nichts zu tun."

Malte, burschikos wie immer, ging festen Schrittes zu dem wartenden Stuhl und setzte sich.

„Wo soll ich anfangen?"

„Vielleicht erst einmal nur zu diesem Tauchgang. Was geschah direkt davor?"

„Andi wollte an diesem Nachmittag einen Tauchgang mit Uschi allein machen. Das gefiel ihr offensichtlich nicht, und dann haben sie sich gestritten, und sie hat ihn böse angesehen. Sie hatte wahrscheinlich Respekt vor den vielen Canyons in diesem verwinkelten Riff. Da kann man sich leicht verirren. Ich dachte noch: ‚Was ist denn mit denen los'. Ditsche und Hajo wollten auch alleine gehen, und Ralph überlegte noch. Ist schon so: je kleiner die Gruppe, um so mehr sieht man."

Auch hier stellte der Kommisar die Frage nach den Beziehungen innerhalb der Gruppe.

„Na ja, was die Mädchen unserer Clique sonst machen, weiß ich nicht so genau. ich glaube, nur Tine und Lisa treffen sich des öfteren auch so. Bei den Jungs ist das ganz anders. Da kommt das öfters vor, daß man mit dem einen oder anderen mal ‚ne Gerstenkaltschale nimmt. Und Ditsche und Hajo hängen ja sowieso ständig zusammen."

****

Ein Telefonat mit einem der Basisleiter in Safaga stand noch an.

„Ist Ihnen an diesem Tag irgend etwas in der Basis aufgefallen, zum Beispiel im Kompressorraum?

„Nee, eigentlich nicht. Halt, warten Sie. Da war was mit den Schläuchen für die Motorabluft und die Frischluftzufuhr. Manchmal steht der Wind so ungünstig, daß wir den einen oder anderen umlagern müssen. Aber in den Tagen nicht. Im Ansaugstutzen vorn ist eigentlich immer Staub, und der war an einer Stelle weggekratzt, als ob da jemand reingefaßt hätte. Vielleicht aber nur ‚ne Katze auf Jagd.“

Der Kommissar bedankte sich und legte auf. Dann dachte er eine ganze Weile nach. Das Puzzle begann sich zusammenzusetzen.

Da es sich nur um eine Vernehmung handelte und sich kein handfester Verdacht ergeben hatte, wurde die Gruppe entlassen. Man stellte ihnen Kosten der Polizei Hotelzimmer in Kairo zur Verfügung gestellt, und am nächsten Morgen würde der Rückflug nach Deutschland stattfinden.

****

5.

DIE RÜCKREISE

Flughafen Kairo

Unausgeschlafen und übellaunig trafen sie am Morgen gegen 8 Uhr am Flughafen Kairo ein. Dieselbe Hitze, dieselbe Öde, derselbe Staub; ein sich wiederholender Albtraum. Sie hatten, in emotionaler Hinsicht, sämtlich mehr Gepäck als auf dem Hinflug zu tragen. Niemand sprach ein Wort. Andi hatte sich abgesondert und war sowieso nicht ansprechbar, Rosi war offensichtlich so mitgenommen, daß sie beim geringsten lauten Geräusch oder einer Berührung zusammenzuckte. Die anderen wechselten nicht einmal Blicke miteinander, aus Furcht, der andere könnte ein Gespräch beginnen. Darauf legte niemand Wert. Sie standen am Schalter, um ihr Gepäck aufzugeben und ihre Bordkarten in Empfang zu nehmen. Die Schlange war lang, und es dauerte und dauerte. Irgendwann konnte Ralph nicht mehr an sich halten. Er wollte nur noch hier weg, nach Hause.

„Was ist denn da vorne los? Wir kommen hier auf Urlaub, und wenn wir wieder gehen behandelt man uns wie den letzten Dreck. Was ist das hier für ein Scheißland!"

Die anderen erschraken. Sie kannten seine Rumpelstilzchenauftritte, aber so abgedreht hatte er sich noch nie aufgeführt. Es paßte sonst immer einigermaßen zur Situation. Auf Kuba gab es am Flughafen in Havanna einmal etwas ähnliches, doch da wollte er mit seinem Auftritt nur Rosi imponieren. Das hier war anders. Was war das für ein dicker Frust? Ralph blieb laut, schimpfte weiter und redete sich immer mehr in Rage. Es sah danach aus, als wollte er handgreiflich werden. Die Mehrzahl der Sicherheitskräfte schaute betreten zu Boden, doch einige ließen deutlich ein Blitzen in ihren Augen erkennen, als ob sie auf so etwas gewartet hätten, und zwei hoben ihre umgehängten Waffen. Ausländer hin oder her, Abwehr von Sicherheitsbedrohungen war immer noch die erste Wahl.

Die Freunde versuchten ihn zu beruhigen. Was war denn jetzt auch noch mit dem los? Irgend etwas lief hier ganz und gar nicht mehr rund

Schließlich ging es weiter. Der Flugsicherheitdienst prüfte neben den obligatorischen Gepäckstichproben nur, ob sich auch keine Bombe in einer der Flaschen befand. Das bißchen Rest- oder Kondenswasser interessierte niemanden.

Beim Einsteigen in die Maschine hatte Ralph immer noch die Fäuste geballt. Auf dem gesamten Rückflug wechselten sie kaum ein Wort miteinander. Andi hatte eine hohe Mauer um sich herum errichtet.

****

Ebenfalls an diesem Morgen brachte Kommisar Fahdi die Ergebnisse, zu denen er bereits gestern im Verlauf der Gespräche gelangt war, auf den Punkt.

Er lehnte sich zurück, legte die Füße auf den Schreibtisch und reflektierte seine gesammelten Eindrücke.

Zum einen war da die reichlich oberflächliche Untersuchung der Polizei in Safaga. Es fand kein Bluttest statt, die Flasche wurde nicht überprüft, und der Arzt war sich alles andere als sicher gewesen.

Des weiteren hatte er deutlich herausgehört, daß sich einige in der Gruppe Gedanken über die Dinge machten, die sie vor der Reise untereinander wahrgenommen, aber zu diesem Zeitpunkt als unwichtig erachtet hatten, die aber angesichts des Ereignissen plötzlich in einem anderen Licht erschienen. Sie hatten bemerkt und geäußert, daß da irgend etwas vorging.

Offensichtlich aber war auch schon vorher eine andere Grundstimmung in der Gruppe gewesen als die einzelnen nach außen hin glauben machen wollten.

Da war außerdem die plötzliche Idee von Andi, den Tauchgang mit Uschi allein machen zu wollen. An sich nichts besonderes, aber durchaus passend gerade zu diesem Zeitpunkt.

Da waren die Streitereien zwischen Ralph und Rosi und derjenige vor dem Pärchentauchgang zwischen Andi und Uschi, und da war die ungewöhnliche Vertrautheit zwischen Andi und Rosi.

Und Eifersucht als Motiv? Ralph war das durchaus zuzutrauen, so verzweifelt wie er bei der Vernehmung war. Doch Mahmoud schloß das aus. Es war das falsche Opfer. Rosi wäre ebenfalls nachdem, wie er sie erlebt hatte, zu einer solchen Aktion nicht fähig gewesen. Auch hatte sie rein vom Zeitfaktor und dem Ablauf der Ereignisse keinerlei Gelegenheit. Allerdings beschloß er, den abschätzenden und manchmal berechnenden Ausdruck in ihren Augen weiter bei sich gespeichert zu lassen. Der hatte sich bei ihm fest eingeprägt.

Sein Verdacht verdichtete sich zur Gewißheit. An einen Unfall glaubte er nicht mehr. Da ergaben seine Vernehmungen ein deutliches anderes Bild. Die Indizien und die Wahrnehmungen der Beteiligten deuteten sämtlich in Richtung Andi. Andi und vielleicht doch auch Rosi?

Ein ungewöhnlicher Halsschmuck. Eigentlich für den Füllbetrieb vorgesehen. Aber man konnte auch… von Flasche zu Flasche… Und Andi war am Vorabend noch einmal zurück zum Hotel gegangen. Oder zur Basis. Mahmoud wußte, daß die Kompressoren in den Basen manchmal bis spät in die Nacht hinein liefen.

Sein Fazit stand fest: Er würde weiter recherchieren, selbst wenn er dazu gegen den Widerstand des Chefs und auf eigene Kosten nach Deutschland fliegen mußte.

Was konnte dies anderes sein als geplanter, kaltblütiger Mord! Doch er mußte die manipulierte Flasche und auch den Hochdruckschlauch in unverändertem Zustand vorfinden. Sonst war die Sache geplatzt.

Das Motiv war ihm noch nicht klar. Er suchte auch nicht danach. Das ergab sich gemäß seiner Erfahrungen grundsätzlich immer im Laufe der weiteren Ermittlungen. Ein Motiv zu prognostizieren und daran entlanghangelnd nur noch in diese Richtung zu ermitteln, war eine Fußangel in seinem Beruf, die Kollegen oft wochenlang beschäftigte und schließlich in einer Sackgasse enden und verzweifeln ließ. Diesen Fehler machte er schon lange nicht mehr. Er ermittelte auf Grundlage von harten Fakten und nicht von Vermutungen. Ein Motiv anzunehmen war immer eine Vermutung, und die Gefahr, daß andere Spuren kalt werden würden, wenn man sich ausschließlich auf diese Vermutung stützte, war immens.

Als Mahmoud seinem Vorgesetzten auf der Basis der Vernehmungs-ergebnisse seine Schlüsse daraus vortrug und eine Obduktion forderte, wurde dies trotz seines hochgeschätzten Instinkt aus den gleichen Gründen wie zuvor abgelehnt.

„Haben Sie denn ein Motiv für diese Tat entdeckt?"

„Eifersucht schließe ich jedenfalls aus. Das Motiv wird sich wie immer im Laufe meiner weiteren Ermittlungen schnell herausstellen."

Kein Motiv als den wesentlichen Ermittlungsansatz präsentieren zu können war für seinen Chef nicht ausreichend, um weitere Recherchen zu genehmigen. Selbst dieser dachte trotz oder gerade wegen seiner hohen Stellung noch weitgehend traditionell. Außerdem hätte auch er weitergehende Anstrengungen vor seiner vorgesetzten Stelle zu verantworten gehabt.

Der Fall war damit abgeschlossen.

Mahmoud war mit diesem Ergebnis nicht zufrieden. Sein Instinkt, seine Ahnungen und die daraus sich ergebenden Schlußfolgerungen hatten ihn noch nie im Stich gelassen. Tief in Grübeleien versunken begab er sich nach Dienstschluß auf den seinen Heimweg und lief in der verkehrsreichen Hauptstraße der Stadt blinden Blickes in ein Auto. Er war sofort tot.

******

Sein Nachfolger und früherer Partner Hassan Khalil, mit dem er seine Untersuchungsergebnisse und Vermutungen bereits eingehend besprochen hatte, kämpfte sich später durch Mahmouds zahlreiche Notizen und kam wie dieser zu dem Schluß, daß die Sache noch keinesfalls beendet war. Laut Vernehmungsprotokoll waren am Vorabend im Restaurant alle anwesend, nur Andi verschwand zwischenzeitlich für eine ganze Weile in Richtung Hotel. ‚Und in Richtung Basis', dachte Hassan. Er erwirkt vom Abteilungschef tatsächlich die Genehmigung und den Auftrag, nach Deutschland zu reisen und der Sache weiter nachzugehen, nachdem er diesem noch einmal die Abfolge der Ereignisse, die Ergebnisse der Vernehmungen und den sich daraus zwangsläufig ergebenden Verdacht seines Vorgängers Al Fahdi schlüssig dargelegt hatte.

****

6.

KASSENSTURZ

Inzwischen waren gut zwei Monate vergangen. Hassan flog nach Berlin und fuhr von Flughafen Tegel gleich zum BKA-Büro im Flughafen Tempelhof. Er legte der Behörde seinen Auftragsbefehl mit dem Stempel der Deutschen Botschaft in Kairo vor und versicherte sich der Mithilfe seiner deutschen Kollegen. Nachdem er erfahren hatte, daß die Flaschen zur jährlichen Revision gebracht worden waren, begab er sich als erstes zur Prüfstelle des zuständigen TÜV in Brandenburg, während die deutschen Ermittler Einsicht in die Akte nahmen. In Brandenburg brachte er wichtige Dinge in Erfahrung, die eine erneute Vorladung der beteiligten Personen außer den beiden Verdächtigen nicht mehr notwendig machten, denn die dort gewonnenen Erkenntnisse waren eindeutige Beweise und mehr mehr als ausreichend für einen Haftantrag.

Der TÜV-Mitarbeiter konnte sich gut an die besagte Flasche erinnern, weil sie einen einprägsamen Aufkleber hatte: „Frank und Gerd -Tauchen auf Teufel komm raus", mit der Karikatur eines kleinen katzenhaften Teufels in einer Taucherausrüstung. Vor allem aber erinnerte er den besonderen Inhalt. Kondenswasser in einer Tauchflasche war an sich normal. Doch diese Menge war ungewöhnlich groß und auch außergewöhnlich trüb. Versuchsweise hatte er einen Finger hineingetaucht und eine Geschmacksprobe genommen. Salzwasser!? Das kam nie vor. Und, wie er nachdenklich hinzufügte, roch und schmeckte es irgenwie entfernt nach Alkohol, etwa so wie Wodka.
Das war jetzt das letzte Puzzleteil: es gab nur eine Möglichkeit, wie Salzwasser in die Flasche gelangen konnte, nämlich durch Überströmen unter Wasser von einer Flasche in die andere. Eine Exhumierung und eine Obduktion waren nun zwingend. Letztere wurde vorgenommen und bestätigte dann die bisherigen Ermittlungsergebnisse. Der CO-Anteil im Blut war exorbitant hoch und vervollständigte das Gesamtbild.

****

Die Clique hatte sich nach dem tragischen Ereignis nur einmal kurz nach ihrer Rückkehr getroffen. Allerdings fehlten Andi, Ralph und Rosi. Die Gruppe hatten sich nicht viel zu sagen und ging bald frustriert und ratlos wieder auseinander. In der einst so vertrauten Gemeinsamkeit war jetzt der Wurm, das spürten sie, und es deutete alles darauf hin, daß die Clique auseinanderfallen würde. Es war nicht Mißtrauen, sondern eher der Gedanke, was bei den anderen so im Kopf herumging, Dinge, die bisher nie angesprochen worden waren. Das Gefühl stand plötzlich im Raum, daß man sich ja eigentlich nicht wirklich kannte. Danach standen sie zunächst in nur losem telefonischem Kontakt, einfach um zu fragen, wie es dem anderen gehe. Doch es gab eigentlich noch mehr zu besprechen. Nach und nach stellte sich heraus, daß alle doch irgendwie bemerkt hatten, daß Andi und Rosi sich näher waren als zuvor, und Andi war in der Wahrnehmung einiger im Umgang mit Geld weit freizügiger geworden als in den Zeiten zuvor.

Ditsche und Hajo gingen wieder ihrer Arbeit nach. Sie trafen sich nach wie vor regelmäßig, aber die gemeinsamen Tauchgänge in ihrem See waren selten geworden.
Nur Tine und Lisa hatten sich einmal auf ein Glas Wein verabredet. Beide hatten Redebedarf und hatten zuvor schon oft zu zweit zusammengegluckt.
„Meine Güte, das waren vielleicht komische Tage. Ich habe keinen Schimmer, was da wirklich los war. Und dann stellt die Polizei so merkwürdige Fragen. Worauf sollte das denn hinauslaufen?"
„Im Nachhinein sind mir einige Sachen eingefallen, die ich vorher bemerkt, aber nicht für wichtig genommen und vergessen hatte. Hast du mitbekommen, wie dicke Andi und Rosi vor der Reise miteinander waren? Und Ralph ist ja auch fast ausgetickt. Wenn ich so nachdenke, sind Andi und Ralph noch nie so richtig miteinander ausgekommen. Ich glaube, für Andi war Ralph ein bißchen zu einfach gestrickt, und Ralph sagte mir nicht nur einmal, daß Andi für seinen Geschmack die Nase ziemlich hoch in den Himmel strecken würde."
„Na komm, du kennst Rosi. Wenn die nicht mehr will, dann zieht sie das durch und sieht sich noch vor dem Absprung anderweitig um. Und Ralph ist so ein Simpel, daß er das nicht richtig rafft und statt dessen nur noch verbal um sich schlägt."

„Wenn man sich das alles mal anders zusammenreimt, was kommt denn dann dabei raus? Da will ich gar nicht dran denken. Die werden doch nicht…"

Sie stockte und sah Tine hilflos an.

„Mensch, Lisa, geht mit genau so. Stell dir vor, mir sind plötzlich die Erzählungen von Ditsche und Klaas wieder eingefallen, weißt du noch, auf dem Boot, als wir über Mord geredet haben. Aber so etwas bei uns? Nee, das kann ich nicht glauben. Aber wieso komme ich dann darauf? Ich will das nicht glauben!"

Tine wußte Bescheid. Ralph war ihr Verflossener, und sie kannte diesen stets fröhlichen „Teddybären" gut genug. Es hatte sie gewundert, wie die Beziehung mit Rosi, die weitaus distanzierter und spröder daherkam, wohl funktionieren mochte. Eigentlich paßten sie überhaupt nicht zueinander. Ralph wurde neuerdings, wenn er sauer war, zu einem wahren „Zornröschen", ein Verhalten, das er an den Tag legte, seitdem Tine sich von ihm getrennt hatte, sich aber noch während ihres Zusammenseins bereits mit Ralphs Nachfolger näher „beschäftigte", den sie kurz darauf auch tatsächlich heiratete. Doch die Ehe hielt nicht lange. Ralph schmuste dann mit einem Mädchen, das ihn, obwohl er bekennender Trash Metal-Fan war, in die Countrymusik-Szene entführte und ihn wie einen Tanzbären mit Nasenring sogar zum Country- und Line Dance-Fan machte. Nachdem diese Episode vorüber war, blieb einzig die hübsche braune Kornnatter in seinem Terrarium von dieser Beziehung übrig, und er fand den Haupteingang zu seiner Trash Metal-Passion wieder. Rosi, mit der er dann zusammenkam, war da anders uns redete ihm bei seiner Schlange und seinem lauten Hobby nie hinein.

Lisa, ehemalige Freundin von Andi, hatte sich mit der Trennung zur Verwunderung der anderen ziemlich leicht und schnell abgefunden. Sie war allerdings danach noch etwas zickiger und herrischer als sonst. Nicht alle glaubten ihr deshalb diese gelassene Reaktion. Aber auch dies und daß jemand so sehr von sich überzeugt war, schreckte die Clique nicht ab. Bei Bedarf war sie ein Kumpel.

Ralph und Rosi hatten sich getrennt. Keiner erfuhr, wer von beiden die Initiative zu diesem Schritt ergriffen hatte. Wenn es Ralph war, so, weil er den Zustand der Unsicherheit nicht mehr ausgehalten hatte, und das wäre Rosi nur recht gewesen. Doch das wußten nur die beiden, aber vielleicht auch die nicht so genau. Ralph war nach seinem Ausflug in seichtere Gefilde nun wieder komplett auf seine heißgeliebte Trash Metal-Schiene eingeschwenkt und kümmerte sich sonst nur um seine Schlange.

Andi hatte sich zunächst völlig zurückgezogen. Es war jedoch allen bekannt, daß er des öfteren mit Rosi zusammen zu sehen war, obwohl Reinhard sich bemühte, das zunächst nicht all zu sehr auffallen zu lassen. Sie wohnten jedoch fast alle in demselben Stadtbezirk, sodaß zufällige Treffen beinahe unvermeidbar waren. Er konnte die stets unruhige Rosi einigermaßen damit beruhigen, daß es nach seiner Meinung ja nicht so ungewöhnlich war, wenn sich zwei plötzlich Alleingelassene gegenseitig trösteten.
„Komm, Schatz, das ist in unserer Situation doch ein völlig plausibles Verhalten. Daran ist nichts Verdächtiges. Wir sind schließlich schon lange befreundet, und uns geht es beiden zur Zeit ziemlich schlecht."
„Und die anderen?"
„Die sehen das genau so. Wenn es Fragen gibt, werde ich noch ein bißchen nachhelfen. Wissen die anderen, daß du dich von Ralph getrennt hast?"
„Nee, nicht so richtig. Ich glaub, nichtmal er selbst."
„Streu das bei der nächsten Gelegenheit mal ganz vorsichtig ein, daß es umgekehrt war und daß Ralph dich ‚abgeschossen' hat. Dann gibt es mit Sicherheit keine weiteren Fragen mehr."
Sie saßen dann noch eine Weile beisammen, aber eine echte, entspannte Vertrautheit, wie sie zwischen zwei Menschen bestehen sollte, die sich gerade näher kennengelernt hatten und sich sehr nahegekommen waren, wollte auch bei anderen verschwiegenen Treffen nicht aufkommen.

Doch auch die Information von Andis plötzlicher Freizügigkeit im Umgang mit Geld verbreitete sich durch gemeinsame Bekannte außerhalb ihres Kreises auch ohne ihre wenigen Gespräche.
Nach und nach kam den übrigen Mitgliedern der Clique zu Bewußtsein, daß sich bereits vor der letzten Reise etwas wesentlich verändert hatte. Allmählich erinnerten sie immer mehr Gegebenheiten, die für sich ge-

sehen bedeutungslos waren, aber in Verbindung mit anderen Wahrnehmungen jetzt ein irritierendes Bild ergaben, und dies betraf, wie sie über-
rascht und nahezu übereinstimmend feststellten, nicht nur Andi, sondern
ebenso Rosi. Auch Ralph war in dieser Zeit besonders schwierig zu nehmen. Sie kannten zwar alle Rosis oft spröde Art, die manchmal eher
als eiskalt zu bezeichnen war, aber da steckte mehr hinter Ralphs oft
ungebremsten Ausfällen. Wenn sie nun, jeder für sich, eine konsequente
gerade Linie vom Ereignis in Shab Shear bis heute zogen, so war das
sich aufdrängende Fazit mehr als verstörend.

Dave hielt sich ebenfalls abseits. Er bereitete seinen Umzug nach Stutt-
gart vor, wo er aufgewachsen war, und würde über kurz oder lang aus
Berlin verschwinden, obwohl er hier geboren war. Im Schwabenländle
war er, wie auch sein Vater, ein begeisterter Amateurboxer gewesen,
der es sogar auf Landesebene zu einigen Erfolgen gebracht hatte. Nach
seinem Schulabschluß allerdings zog es ihn in die Metropole. Er wollte
mehr erleben, Neues und Aufregendes, und so sagte er dem Schwabenländle ade. Berlin war ihm nun, nach diesen Ereignissen, einfach zuviel
Berlin geworden. Er wollte zurück in „sichere" Gefilde, zurück zu un-
komplizierten Beziehungen, zu seinen alten Freunden, von denen er seit
Sandkastenzeiten alles wußte.
Heimat ist, wo man schon immer war.

Tine und Lisa waren wie immer, von wenigem außerhalb ihres ureige-
nen Egos beeindruckt, fröhlich zickig und gute Kumpel wie eh und je.
Sie schienen von dem ganzen weitgehend unberührt geblieben zu sein.

Klaas war der einzige, der ohne nachdenken zu müssen ein klares Statement verkündete: „Leute, das war so richtig Schiet. Ich verstehe es nicht
ganz, aber irgend etwas stinkt hier vom Kopf her, ist oberfaul, einfach
nicht richtig. Ein paar von euch sind sehr, sehr merkwürdig geworden,
und das macht mich tüddelig, das gefällt mir gar nicht. Laßt von euch
hören, aber erst, wenn der Nebel sich verzogen hat. Wie ich immer sage:
‚Der Fisch stinkt vom Kopfe'. Das ist bei Menschen nicht anders, auch
wenn man noch so viel Deo benutzt."

****

Nachdem dann später die abschließenden Untersuchungen und die Vernehmungen von Andi und Rosi durch Kommissar Hassan Khalil die ganze Sache ins Rollen und dann ans Licht gebracht hatten, endete das Drama mit der Verhaftung der beiden wegen Mordes sowie der Beihilfe zum Mord. Der Kommissar hatte sich nach seiner Ankunft in Berlin zunächst bei Ralph nach dem Verbleib der Tauchflaschen erkundigt und erfahren, daß sie alle nach Brandenburg zur Revision beim TÜV gebracht worden waren, jetzt aber wieder zu Hause stünden. Das war für seine Beweisführung, für die Bestätigung seines Verdachts fatal gewesen. Ein wenig CO in der Restluft ist nicht ungewöhnlich und an sich auch nicht bemerkenswert; wer weiß, wo die Basisleute den Ansaugschlauch vom Kompressor zum Flaschenfüllen hingehängt hatten; manchmal einfach zu nah am Auspuffrohr des Kompressors, und manchmal stand der Wind ungünstig. Man schmeckte es aber eigentlich, wenn man ein wenig Erfahrung hatte. In dieser bewußten Flasche wäre der CO-Anteil deutlich höher gewesen und hätte seinen Verdacht bestätigt. Doch diese Spur war kalt, wie Mahmoud es vorausgesehen hatte. Eine nicht unterbrochene Ermittlung wäre dem wahrscheinlich zuvorgekommen.

Hassan mußte nun auf das gute Gedächtnis der TÜV-Mitarbeiter hoffen, und er hatte Glück. Nach den Erkenntnissen, zu denen der Kommissar dann beim TÜV gelangt war, hatten Andi und Rosi umgehend ihre Vorladung erhalten. Rosi war, nachdem ihr die erdrückenden Beweise präsentiert wurden, weinend zusammengebrochen, und auch Andi gab beim Verhör schnell auf. Er legte ein komplettes Geständnis ab, und die Feststellung, daß seine Halskette Spuren von Salzwasser enthielt, war nicht mehr bedeutend und nur eine weitere Zeile in der Akte. Wenn ein Hochdruckschlauch, mittels eines ebenso hochwertigen Adapters, zum Ring zusammengeschraubt wird, dann geht, unter welchen Verhältnissen auch immer, weder Luft noch Wasser hinein oder hinaus. Auch die Nachfrage bei der Lottostelle, von wem der Schein ausgefüllt und unterschrieben worden war und an wen schließlich der Gewinn ging, war dann Routine, für die Beweisführung nicht mehr relevant, und so schloß sich endgültig den Deckel des Fasses.

Wie hätte Ditsche es ausgedrückt:

Die Jagd ist aus
der Fuchs ist tot.
Die letzte Ampel
stand auf Rot.

****

Einige Monate nach diesen Ereignissen besuchte Dave Klaas in seiner neuen, alten Heimat. Klaas war ebenfall bald der Rückkehr aus Ägypten von Berlin weggezogen und besaß nun in Flensburg eine schöne Wohnung direkt am alten Segelhafen. Auf „seine" Insel wollte er nicht mehr zurück, da auf Grund seines Alters die medizinische Versorgung irgendwann einmal schwierig werden könnte. Klaas war stolz auf seine Unterwasserpotos und führte seine Dias nahezu ungefragt jedem vor. So auch bei Daves Besuch. Das Bild mit seinen Hammerhaien war natürlich dabei.

„Rein fototechnisch ist das eigentlich nichts geworden, die waren zu weit weg. Aber wenn du genau hinschaust, siehst du sie."

Und Dave schaute. Zunächst war wirklich nichts zu erkennen, doch wenn man zwei bis drei Minuten konzentriert hinsah, schälten sich schemenhaft drei charakteristische Umrisse aus dem sonst einheitlichen Blaugrau.

Dazu kredenzte Klaas dann einen Anistee. Anis deshalb, damit er ihn mit einem kräftigen Schluck „Küstennebel" verfeinern konnte und seine Frau, die seinen Alkoholkonsum strengstens kontrollierte, nichts bemerkte. Seit neuestem machte er wieder Musik und spielte F-Horn in einer Shantykapelle, wie er es schon als Jugendlicher getan hatte. Jeden

Morgen einmal mit dem Rad rund um die Insel, abends dann regelmäßig Probe, und dazwischen praktizierte er Leben. So war er aufgewachsen, und da war er nun als Rentner wieder angelangt. Hier in Flensburg reichte ihm für seine morgendliche Fitnessrunde der alte Segelhafen.

Von Klaas erfuhr Dave auch, daß Hakim sich die Basis von Gerd und Frank unter den Nagel gerissen hatte, wohl wissend, wie gut diese lief. Klaas hatte Hakim tatsächlich als kleines Dankeschön fünf Pfund guten Kaffees geschickt, und der wiederum hatte sich daraufhin telefonisch seinerseits bedankt. In dem kurzen Gespräch erwähnte Hakim dann stolz, daß er jetzt auch die Tauchbasis in eigener Regie betreibe und sie mit seinen eigenen Leuten besetzt habe.

Gerd und Frank waren wieder ihre alte Heimat nach Eisenhüttenstadt zurückgekehrt. Eine Woche später rief Dave dann Frank an und erkundigte sich nach den näheren Umständen. Die lakonische Antwort von Frank war:

„Er hat uns von einem Tag auf den anderen die Miete verdoppelt. Damit war für uns Schluß. Das war nicht zu stemmen."

Bereits in Safaga hatte Gerd von häufigen Auseinandersetzungen wegen der Miete erzählt.

So freundlich und hilfsbereit Hakim war: als Freund des Bürgermeisters konnte er sich einiges erlauben. Er war und blieb ein Schlitzohr, bei dem das Geschäftemachen vor allem anderen kam und für den Übervorteilung nicht einmal ein Kavaliersdelikt war.

******

EPILOG

Sie kam aus Ägypten.
Im Taucherjargon liebevoll „Knubbel" genannt,
gebraucht, dutzende Male leergesaugt, aber nicht alt.
Säuberlich aufgereiht stand sie treudeutsch in einer Schlange
mit vielen anderen Preßluftflaschen und wartete
in der Sonnenglut Brandenburgs auf ihr Urteil
12 Liter unschuldiger Stahl
TÜV-Abnahme.
Kondenswasser raus, Drucktest, Ausschleudern,
Spülen, Trocknen, Dichtung prüfen….
Freispruch!

Die Flasche war in der Tat unschuldig, was nun behördlich mit einem neuen Gütestempel besiegelt worden war. Der eigentliche Sinn ihrer Existenz war, Leben zu bewahren. Sie wurde mißbraucht , solches zu zerstören. Sie war auch nicht korrumpiert worden, sondern wurde vergewaltigt und zu Schändlichem benutzt. Auch sie war ein Opfer, nicht getötet, sondern befrachtet mit einer lebenslangen bösen Erinnerung. Der sie mißbraucht hatte, ging seiner gerechten Strafe entgegen, und sie war nun rehabilitiert. Sie sehnte sich wieder nach Wasser, viel frischem Wasser rundherum. Es war im Sommer so heiß in Brandenburg, und hier war Abkühlung nicht in Sicht.

Sie hatte als Einzige alles gesehen. Sie wollte nur noch abtauchen und vergessen.

****

ENDE

HINTENDRANWORT

Letzter Exkurs – Subpression

Ich nenne die psychische Reaktion im Zustand eines Tiefenrauschs eine
„Subpression", in Anlehnung an den Begriff Depression, die sie eigentlich nicht ist, jedoch mit der Realitätsferne und der schleierverhangenen
Wahrnehmung der Umgebung mit dieser eine frappierende Ähnlichkeit
aufweist. Auch sind Depressionen ebenso wie der Zustand der Subpression häufig von keinerlei Traurigkeit, sondern einem Gefühl der Ent-
fremdung und einer aus eigener mentaler Kraft nicht mehr überbrückba-
ren Distanz zur Wirklichkeit begleitet.
Subpression geht weit über eine Panikreaktion hinaus. Der Taucher hat
die Gewißheit, daß das Atmen bald unmöglich sein wird und das Wasser um ihn herum ihn zunehmend erdrückt. Er will einfach nur nicht
mehr hier sein und ist keiner vernünftigen Reaktion mehr fähig, weil
sich die Realität ihm entzogen hat. Er ist in eine Wirklichkeit außerhalb
der Realität geschleudert, in der er auch sich selbst nicht mehr als real
wahrnimmt; die gefährlichste aller Panikreaktionen, bei der die Grenze
zwischen Leben und Tod bereits nahezu überschritten war. Die Welt
wird düster und enfernt sich vom Selbst. Das alles beherrschende Gefühl, hilflos ausgeliefert und der Wunsch, ganz wo anders sein zu wollen,
ist alles überdeckend. Aber es ist ja nicht möglich. Der Geist will es mit
aller restlichen Kraft, doch der Körper gehorcht dem Willen nicht mehr,
weil der Wille zu schwach, ja substanzlos geworden ist und den Adres-
saten aus der Kontrolle verloren hat: die Maschine „Körper" initiiert nur
noch wahllos falsche, ja tödliche Aktivität.
Die Welt und das Selbst sind voneinander entrückt, das Bewußtsein befindet sich bereits unterhalb der Wahrnehmungsschwelle, und jegliche
Aktivität findet nur noch rein mechanisch statt, vom Unterbewußtsein
gesteuert und einer vernünftigen Einflußnahme nicht mehr zugänglich.
In diesem Moment aber sorgt der Körper für eine den Rest von Verstand
schützende Euphorisierung. Die Ähnlichkeit mit dem Zustand, von dem
Menschen berichtet haben, die kurz vor dem tatsächlichen Gehirntod
ins Leben zurückgeholt wurden, ist evident. In diesem die Existenz be-
drohenden Zustand sieht sich das Individuum vielleicht im Vorhof der

Hölle, aber es ist alles nicht mehr so schlimm. Es nimmt seine Situation wahr, aber das dringt nicht mehr zu seinem Intellekt durch, sondern bleibt nur bildhaft im Vorwahrnehmungsbereich stecken. Es regieren nun die Endorphine vor dem Verstand. Der Geist registriert alles um sichherum, kann aber eine sinnvolle Reaktion weder planen noch umsetzen und nimmt es dennoch leicht.

In der Depression suchen Menschen Hilfe oder sie verzweifeln und begehen Suizid. Dieses Problem steht hier nicht zur Debatte: in der Subpression ist beides nicht präsent. Es liegt außerdem ein Vergleich mit dem Zustand des Embryos im Uterus nahe. Der Embryo spürt alles, was um ihn herum geschieht, weiß es aber nicht zu deuten und kann nicht eingreifen, sondern ist dem Geschehen hilflos ausgeliefert.

****

Anmerkung des Verfassers

Der Leser möge verzeihen. Dieser letzte Exkurs befaßt sich mit einer sehr extremen Materie. Er beschreibt aber nur die letzte Grenze, die unter Wasser erreicht werden kann, aber nie sollte, und ist deshalb durchaus erwähnenswert. Es ist schlimm, wozu sich Taucher auf Grund von mangelhafter Ausbildung, mangelnder Erfahrung oder auch nur Selbstüberschätzung verführen lassen. Dies ist der gefährlichste Aspekt unseres Metiers, immer wieder gern genommen vom Tauchlehrer bis hinab zum blutigen Anfänger. Aber, um bei dem etwas flappsigen Vergleich zu bleiben, können auch Pulloverstrickabende einen leidvollen Ausgang haben, da man doch ständig in der Gefahr schwebt, sich bei einer Unachtsamkeit eine Nadel ins Auge zu stoßen. Nun ja…

Unter Bergarbeitern ist der Gruß „Glück auf" ein frommer Wunsch und eine Hoffnung. Im Tauchermilieu bedeutet „Wieder auftauchen" eine Pflichtübung, die jeder zu lernen hat und nicht, daß das alles in dem Gedanken „Ich brauch ja bloß hoch" sowieso schon gutgehen wird.

****

Noch eine Lanze zu brechen für den Tauchsport

Tauchen ist ein wunderbarer, aber auch sehr anspruchsvoller Sport. Ein Sport und, wie schon gesagt, kein Strickabend. Doch bei qualifizierter Ausbildung und mit genügend Umsicht birgt er weit weniger Risiken als eine Fahrradtour quer durch Hamburgs Innenstadt. Das eigentlich Gefährliche resultiert fast immer aus den außerhalb liegenden Gegebenheiten, dem Drumherum. Problematisch allein ist tatsächlich ein Tiefenrausch, aber auch den kann ein gut ausgebildeter Taucher vermeiden, und wenn es wider Erwarten dazu kommen sollte, auch heil überstehen. Es passiert fast immer Anfängern, und auch da äußerst selten, und ob bei den Betroffenen eine gute Ausbildung stattgefunden hatte, ist zu bezweifeln.

Das lustige Spielchen, Anfänger zu foppen, hat auch eine ernstere und sinnvolle Seite. Anfänger saugen jede Information begierig auf, die sie weiter nach vorn bringen könnte, und diese lockern und harmlosen „Prüfungen" trainieren sie darauf, sich ein gesundes Mißtrauen zu bewahren, um später nicht auf Schlimmeres hereinzufallen und sich so von lebensgefährlichen Aktionen fernhalten zu können.

„Das ist nicht zu tief. Wir deponieren für den Rückweg auf halber Strecke für jeden eine zweite Flasche. Das geht schon gut."

So eine High End-Aktion kann dann schnell mal letal enden.

Ein Tiefenrausch tritt, wie gesagt, im großen und Ganzen äußerst selten auf, ob nun die euphorisierte – ‚Ich kann jetzt unter Wasser atmen und brauche kein Mundstück mehr' – oder die beschriebene, zur Subpression führende panische Variante. Die meisten Tauchunfälle gehen auf Leichtsinn, Selbstüberschätzung und vor allem anderen auf äußere Faktoren zurück.

Tauchen ist, wenn man gewissenhaft auf der sicheren Seite bleibt, ein faszinierendes Erlebnis, dessen Größe man niemandem verbal vermitteln kann, der es nicht selbst erlebt hat. Ich würde auch im Alter von 195 Jahren noch unter Wasser gehen, aus Erfahrung wissend, was ich mir noch zutrauen kann. Ohne Erfahrung und Sorgfalt ist man sogar beim Minigolf verloren. So ein Ball ist mehr als hart, wenn man ihn an den Kopf bekommt, von einem Schläger ganz zu schweigen. Man muß sich doch nur fahrlässig in den Schwungbereich des eben Abschlagenden stellen. Nur sind hier die Konsequenzen nicht ganz so dramatisch.

Wenn nicht gerade ein Mord geschieht.

****

Harald Skorepa
Peter Butschkow

Anekdoten
Bemerkenswertes
Curioses

aus der Welt der Musik

Buchkontor
Teltow

Mit Register

2022 – ISBN: 978-3-947422-19-7, 472 Seiten

Erhältlich im Buchhandel oder bei Schneemann-Produktion

2020 – Blue Bird Cafe Records, 20-0106 – (CD 3)

Erhältlich bei Garden of Delights, Bochum

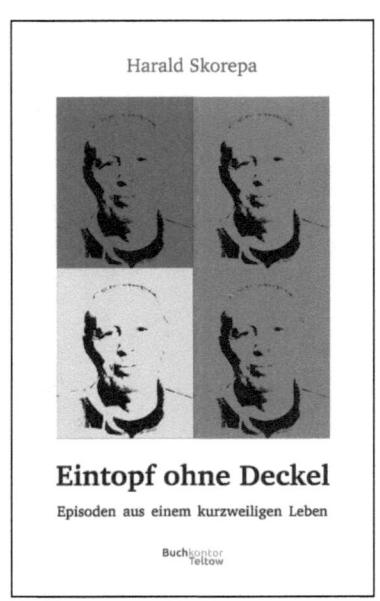

2018 – ISBN: 978-3-947422-00-5, 754 Seiten

2020 – ISBN: 978-3-947422-15-96, 66 Seiten

Erhältlich im Buchhandel oder bei Schneemann-Produktion

ISBN 978-3-7957-0529-9

ISBN 3-7957-0525-8

ISBN 3-7957-0528-2

Erhältlich im Buchhandel oder
bei Schneemann-Produktion

Harald Skorepa

Niemand nahm
Kassandra ernst
... und es war mal so schön...

Aphorismen – Essays – Traktate

2023 – ISBN 9783758308437
320 Seiten

Wir haben gut gelebt, wir haben gut gekämpft, und wir hatten es fast geschafft, Vernunft, Respekt und Gerechtigkeit, Wissen, Empathie und vor allem Menschlichkeit und Liebe als oberste Maximen zu etablieren. Doch was geschah dann? Viele verschraken und scheuten vor der geballten Gewalt der Reaktion, die große Mehrheit aber ruhte sich auf neu eroberten Terrain aus, genoß die Früchte und versäumte es, die zarte Pflanze zu pflegen. Sie ließen sich nach Belieben verpimpern, verdummen oder für dumm verkaufen und schauten schließlich tatenlos zu, wie sich die Menschlichkeitsfresser wieder aus ihren Löchern schlängelten und diese Hoffnungen schleichend und stetig vergifteten.

Dieses Buch ist eine Sammlung von "Entdeckungen" im Denken und Handeln einiger spezieller Zeitgenossen, die niederzuschreiben dem Autor wahrlich eine diebische Freude gemacht hat. Manchmal ging es mit einfachen Vergleichen, manchmal kostete es wohl auch einiges an Kopfschweiß. Die Spanne der Aspiranten reicht vom versehentlichen Outing vermeintlicher Freunde über die täglichen Idiotien, mit denen man zu kämpfen hat, bis hin zu den alle bewegenden Bereichen wie den der digitalen Welt, der Schönheitswahn-Welt, der Kultur- und Bespaßungs-Welt, der esotralischen und der "Nicht von dieser Welt"-Welt, der Zuckerbrot- und Peitsche-Welt bis hin zur Smoothievermanschungs-Welt. Eben alles, wo wenn man richtig sucht, man auch die Lunte findet.
(Erich Ringelhardt)

Erhältlich im Buchhandel oder bei Schneemann-Produktion